YVONNE
STRUCK

Ein Zimtstern für den ersten Kuss

Weitere Titel der Autorin:

Jungs, meine Mutter und der ganze andere Mist
Jungs sind Idioten. Mädchen auch.
Der blödeste Junge der Schule und ich
Ich, die Jungs und die Sache mit dem Coolsein

Über die Autorin

Yvonne Struck, geboren 1976 in Lübeck, hat schon als Kind gerne geschrieben und gewann mit 13 Jahren sogar einen Preis für ein Gedicht: eine coole Jeans! Heute lebt und arbeitet sie als Jugendbuchautorin in Kleve am Niederrhein und schreibt witzige Romane für Mädchen (und Jungen) ab 12 Jahren.

Mit **24** weihnachtlichen **DIY-IDEEN** für jeden Tag

YVONNE STRUCK

Ein Zimtstern für den ersten Kuss

DAS ADVENTS KALENDERBUCH

Boje

Inhaltsverzeichnis

Dieses Adventskalenderbuch enthält eine weihnachtliche Lovestory in 24 Kapiteln, die du vom 1. bis zum 24. Dezember öffnen kannst. Nimm dir dazu am besten ein Messer oder ein dünnes Lineal und schlitz Tag für Tag die verschlossenen Seiten auf!

Und für zwischendurch gibt es 24 weihnachtliche DIY-Ideen:

1. Dezember

1. Dezember, Donnerstag

6:40 Uhr

„Last Christmas, I gave you my heart!“, quäkt es aus meinem Radiowecker.

„But the very next day, you gave it away“, schmachtet Mamas Stimme nebenan in der Küche weiter.

Stöhnend schalte ich den Wecker aus. Schade, dass das mit Mamas Stimme nicht auch so einfach geht! Diese ätzende Schnulze ist ihr Lieblingsweihnachtslied, und wenn Papa und ich nicht wären, würde sie es wahrscheinlich die ganze Adventszeit nonstop hören. Der Einzige, den das nicht stört, ist mein kleiner Bruder Nino. Der sagt immer: „Ich finde es schön, wenn Mama singt.“ Der kleine Schleimer! Andererseits: Er hört ja selbst den ganzen Tag Rolf Zuckowski, was will man da erwarten.

6:42 Uhr

Adventskalenderinhalt: Eine Schokoladenkugel.

(Und nein, ich bin nicht zu alt für einen Adventskalender! Mama hat zwar vorsichtig gefragt, ob sie überhaupt noch einen für mich machen soll, aber was denkt sie denn? Für Schokolade ist man nie zu alt! Auch nicht mit fast 14!)

6:45 Uhr

Ich hätte die Schokolade besser nach dem Zähneputzen essen sollen. So ist der schöne Schokogeschmack gleich wieder weg. Was für eine Verschwendung!

7:13 Uhr

Beim Frühstück läuft zum Glück wieder normale Musik. Der Adventskranz auf dem Tisch ist schon kitschig genug! Mit den goldenen Tannenzapfen und den roten Mini-Kugeln, in denen sich das Kerzenlicht spiegelt ...

7:14 Uhr

Obwohl: Ohne wäre auch irgendwie blöd.

7:43 Uhr

An der großen Kreuzung wartet schon Sina auf mich, wie jeden Morgen.

„Hi!" Wir umarmen uns. Und dann zeigt sie mir ein Katzenbild, das ihr Freund Kilian ihr geschickt hat.

„Süß", sage ich.

„Ja, nicht?" Sie strahlt mich an. Seit sie mit Kilian aus ihrem Tischtennisverein zusammen ist, strahlt sie eigentlich den ganzen Tag.

„Echt total süß", sage ich.

Oh Mann, ich hätte auch so gerne einen Freund! Das Problem ist bloß: Wen? Bisher ist nicht mal jemand zum Verlieben in Sicht. Die Jungs in unserer Klasse sind nämlich alle totale Idioten.

Ob ich „ein süßer Junge" auf meinen Wunschzettel schreiben soll?

Nein, bloß nicht! Wenn Mama und Papa das lesen, löchern die mich doch ohne Ende!

7:54 Uhr

Gedankenverloren schlendere ich in den Klassenraum ... und stolpere über einen Rucksack und lande halb auf Pauls Schoß.

Der Tannenbaum
für dein Zimmer

Den Weihnachtsbaum erst am 24. aufstellen? Viel zu spät! Mach es dir doch jetzt schon schön weihnachtlich in deinem Zimmer!

Du brauchst:

Washi Tape
eine freie Wand
Kabelklemmen (selbstklebend oder mit einem Nagel) oder Reißzwecken oder Stecknadeln oder Klebefilm

Außerdem:

kleine Christbaumkugeln oder
anderen Christbaumschmuck oder
Fotos, die du in Christbaumkugelform schneidest oder
eine Lichterkette

So geht es:

1. Mit Washi Tape klebst du dir einen schönen großen Weihnachtsbaum an die Wand. Wer sagt, dass Weihnachtsbäume immer grün sein müssen? Probier doch mal eine andere Farbe aus!

2. Verziere den Baum mit Schmuck oder einer Lichterkette.

3. Mit Kabelklemmen, die du an die Wand nagelst oder klebst, kannst du gute Halterungen schaffen, um eine Lichterkette aufzuhängen. Den Schmuck kannst du auch mit Reißzwecken, Stecknadeln oder Klebefilm befestigen.

4. Tolle Christbaumkugeln kannst du beispielsweise aus Lieblingsfotos ausschneiden und Aufhänger aus bunten Geschenkbändern basteln.

5. Denk dir selber tollen Weihnachtsbaumschmuck aus!

„Jule will kuscheln!“, brüllt der so laut, dass die ganze Schule es hören kann. Oh nein!!!

In Blitzgeschwindigkeit rappele ich mich wieder hoch und zische: „Träum weiter!“

Aber so laut, wie die Jungs gerade grölen, hört das eh keiner. Nur Idioten in meiner Klasse, sag ich doch!

8:05 Uhr

Erste Stunde Mathe. Wo bleibt denn der Müller?

8:06 Uhr

Hinter dem Müller trottet noch jemand in die Klasse. Ein Junge mit braunen Wuschelhaaren. Oh Mann, der ist ja total süß!

„Guten Morgen, Bande“, sagt der Müller. (Das sagt er immer.) „Das ist Linus. Er geht ab sofort in eure Klasse. Nehmt ihn gut auf, hört ihr?“

Wie cool ist das denn? Gerade habe ich mir doch noch einen Jungen zum Verlieben gewünscht! Ob Linus quasi meine verfrühte Weihnachtsüberraschung ist?

Linus' Blick schweift durch die Klasse, und plötzlich sieht er mich direkt an. Er hat die blauesten Augen, die ich je gesehen habe. Ich lächele vorsichtig, und er lächelt zurück, und in meinem Bauch fängt es auf einmal wahnsinnig an zu kribbeln.

„Wo ist denn noch ein Platz frei?“, fragt der Müller, und ich würde am liebsten laut „Hier!“ schreien. Geht bloß nicht, weil neben mir auf der einen Seite schon Sina sitzt, die gerade Herzchen mit „Kilian“ in ihr Heft malt, und auf der anderen Lissy.

Also setzt der Müller Linus neben Paul. Ausgerechnet!

9:36 Uhr

Große Pause. Ich stehe mit Sina und den anderen Mädels auf dem Schulhof. Sina redet schon wieder nur von Kilian und davon, was er Dienstag nach dem Training zu ihr gesagt hat. Aber ich höre eh nur so halb zu, weil ich den Schulhof nach Linus scanne. Da kommt er! Zusammen mit Bilal und Paul, aber wer interessiert sich schon für die?

„Warum Linus wohl mitten im Schuljahr die Schule wechselt?", fragt Lissy.

„Er ist neu hergezogen, weil seine Mutter jetzt die Sparkasse an der Großen Straße leitet", antwortet Tilda.

„Echt?", frage ich. „Woher weißt du das?"

„Mein Vater arbeitet doch auch da."

Ob ich mal zur Sparkasse gehen sollte? Vielleicht besucht Linus ja manchmal seine Mutter ... Nur: Was soll ich denn sagen, was ich da will?

Plötzlich wedelt Sinas Hand vor meinem Gesicht herum. „Hallo, Erde an Jule! Träumst du?"

„Ja, von Linus", sagt Melinda ironisch.

„Echt?", fragt Lissy, und plötzlich starren mich alle an.

„Gar nicht!", behaupte ich. Dumm nur, dass meine Wangen dabei glühen, als hätte ich vierzig Grad Fieber.

14:20 Uhr

Zu Hause. Leider. Normalerweise kann ich es gar nicht abwarten, bis die Schule zu Ende ist, aber heute ... Noch 17 Stunden und 31 Minuten, bis ich Linus wiedersehe! Wie soll ich das nur aushalten? Ob er auch gerade an mich denkt?

Marek
online

Heute

Hi Marek, was läuft bei dir? War bestimmt voll ätzend in der Schule ohne mich!😁 Ich sag nur: Viel Spaß mit der Becker! Dass ich die nicht mehr hab, ist das einzig Gute an dem scheiß Umzug.
Wobei, der erste Schultag hier war ganz okay. Hab schon ein paar Leute kennengelernt. Heute Nachmittag zocken mit Paul und Bilal aus meiner Klasse.
Und du so?
Linus

Nachricht

2.
Dezember

2. Dezember, Freitag

6:47 Uhr

Beim Aufwachen sehe ich immer noch Linus' Gesicht vor mir. Ich habe die ganze Nacht von ihm geträumt! In meinem Traum hat er nach der Schule auf mich gewartet, mir tief in die Augen gesehen und gesagt, dass er sich total in mich verliebt hat. Es kribbelt immer noch in meinem Bauch, wenn ich daran denke! Schade, dass es nur ein Traum war ...

6:54 Uhr

Adventskalenderinhalt: ein Mini-Tüte Gummibärchen. Oder nein, das sind gar keine Bärchen, das sind Mini-Tannenbäume!

Auf jeden Fall sehr praktisch. Da kann ich einen jetzt essen und den Rest nach dem Zähneputzen.

7:15 Uhr

Im Bad hängt Klopapier mit Rentieren drauf. Ernsthaft, Mama? Rentiere, die einem den Hintern sauber lecken?

7:28 Uhr

Beim Frühstück redet Nino ohne Pause von seinem neuen Kindergartenfreund Emil, und Mama und Papa sagen immer abwechselnd: „Weiteressen, Nino!" – „Iss doch bitte weiter, Nino!" Der Vorteil: Keiner achtet mehr auf mich, und ich kann in Ruhe von Linus träumen.

Gleich sehe ich ihn wieder!

7:58 Uhr

Dahinten sitzt er. Nur leider beachtet er mich überhaupt nicht.

Dabei sehe ich immer wieder zu ihm rüber!

Aber vielleicht passiert ja in der großen Pause was?

9:38 Uhr

Große Pause. Linus steht wie gestern mit Paul und Bilal auf dem Schulhof. Bilal zeigt den anderen irgendwas auf seinem Handy, und die lachen sich schlapp. Zu mir guckt Linus kein einziges Mal. Seufz! So viel zu meinem Traum ...

11:43 Uhr

Die zweite Pause ist genauso verlaufen wie die erste.

Aber was hab ich denn erwartet? Dass Linus mir ernsthaft vor allen anderen seine Liebe gesteht?

Wach auf, Jule! So was passiert vielleicht im Traum, aber nicht in echt!

Ob ich ihn vielleicht nach der Schule abpassen soll?

Aber was dann? Soll ich ihm etwa vor allen anderen sagen, dass ich in ihn verliebt bin?

Schon bei dem Gedanken daran sterbe ich vor Peinlichkeit!

13:15 Uhr

Endlich Schulschluss. Ich habe Linus natürlich nicht angesprochen ... und jetzt ist erst mal Wochenende.

Der Vorteil: viel Zeit zum Planen! Und einen Plan brauche ich dringend, wenn das mit Linus und mir was werden soll. Der Nachteil: viel zu lange, bis ich ihn wiedersehe.

15:50 Uhr

Nach der Schule musste ich erst mal zum Supermarkt, weil Mama mir eine Einkaufsliste aufs Handy geschickt hat (Brot, Milch, Äpfel und Joghurts). Danach habe ich die Mathe-

Advents-Smoothie

Wie wär's mit ein paar Vitaminen als Ausgleich
für die Weihnachtsnaschereien?

Rezept für 2 Gläser

Du brauchst:

2 Äpfel ♥ 1 Banane ♥ 1 gestrichenen TL Zimt ♥ 400 ml Mandelmilch

Außerdem:

einen Mixer oder einen Blender

So geht es:

1. Schäl die Äpfel und die Banane, und schneid beides klein.

2. Gib das Obst zusammen mit dem Zimt und der Mandelmilch in den Mixer.

3. Mix alles auf höchster Stufe, und servier den Smoothie in einem schönen Glas.

4. Streu ein bisschen Zimt zur Deko darüber.

TIPP!

Schmeckt auch lecker mit etwas Marzipan – dafür gib 40 g Marzipanrohmasse mit dem Obst in den Mixer!

hausaufgaben gemacht, damit ich das am Wochenende nicht muss. Und jetzt liege ich ENDLICH in bequemen Klamotten auf meinem Bett (uraltes Winnie-Puuh-Sweatshirt und labberige Leggings, aber sieht ja keiner). Ich habe gerade den Deckel von einem Joghurt abgerissen (Vanille, meine Lieblingssorte!), da klingelt plötzlich mein Handy. Es ist Mama. Typisch! Bestimmt will sie kontrollieren, ob ich schon einkaufen war.

„Hi, Jule, kannst du Nino vom Kindergarten abholen?“

Auch das noch!

„Jule? Hast du gehört, was ich gesagt habe? Ich muss länger arbeiten, und Papa steckt in einer Sitzung fest. Hol bitte deinen Bruder ab, ja? Und auf dem Rückweg kannst du gleich einkaufen gehen.“

Ich stöhne. „Ich war doch schon einkaufen!“

„Echt? Super, mein Schatz! Dann brauchst du jetzt nur noch Nino abzuholen. Ich verlass mich auf dich! Und beeil dich, um vier macht der Kindergarten zu.“

Um vier, guter Witz! Obwohl: Wenn ich sofort losrase, müsste ich es schaffen. Ich hab zwar echt überhaupt keine Lust darauf, aber Nino soll ja nicht denken, keiner holt ihn ab.

Also schlüpfe ich in Winterjacke und Stiefel und flitze los.

15:59 Uhr

Als ich im Kindergarten ankomme, schwitze ich natürlich wie bescheuert, so, wie ich gerannt bin. Erst mal raus aus der Winterjacke! Wo ist denn Nino? Ach, da vorne bei den Garderoben sitzt er ja. „Hi, Nino!“

„Hallo, Jule!“, ruft Nino strahlend und zeigt auf einen Jungen mit braunen Locken. „Das ist Emil!“

„Hallo, Emil“, sage ich.

„Ich werde von meinem großen Bruder abgeholt“, sagt Emil.

„Ach ja? Schön. Komm, Nino, zieh dir deine Schuhe an."

Doch Nino braucht mal wieder ewig. Und plötzlich sagt eine Stimme neben mir: „Schickes Shirt."

Oh-oh, das klingt aber gar nicht nach Kindergartenkind! Ich drehe mich um. Braune Wuschelhaare, blaue Augen ... Linus!!! Was macht der denn hier? Und wieso überhaupt „schickes Shirt"? Ganz langsam sehe ich an mir herunter ... Und von meinem Schlabber-Shirt lacht Winnie Puuh zurück. NEEEINNN!!!

„Sag mal, bist du nicht in meiner Klasse?", fragt Linus.

„Ähm ... Ich ..."

„Jule geht in die 8a", plappert Nino neben mir.

„Lise-Meitner?", fragt Linus.

„Ja", sagt Nino.

Und ich stehe daneben wie ein angezündetes Streichholz, stocksteif und mit brennendem Kopf. Ich muss dringend was sagen, sonst denkt Linus doch, ich bin total bescheuert! Aber was nur?

„Komm, Emil", sagt Linus zu seinem kleinen Bruder. Und zu mir: „Ciao."

„Ähm ... ja", krächze ich. Oh Mann, was ist denn mit meiner Stimme los? Ich räuspere mich, aber Linus ist schon unterwegs in Richtung Tür.

„Ciao", rufe ich ihm hinterher, und er hebt kurz die Hand, ohne sich noch einmal umzusehen. Aber nach so einer wie mir würde ich mich auch nicht umsehen!

„Emil ist mein Freund", sagt Nino neben mir. „Ist Linus auch dein Freund?"

„Haha, guter Witz", brummele ich.

Von wegen, Freund! Nach heute hält er mich garantiert für die peinlichste Idiotin auf dem ganzen Planeten!!!

Wunschzettel

Coole Handyhülle

(Die von dem Link, den ich Mama geschickt habe)

Coole Lampe für mein Zimmer

(Die von dem Link, den ich Mama geschickt habe)

Gutschein für Klamotten

Kinogutschein

~~Ein süßer Junge zum Verlieben~~ 😍

~~Linus!~~ 😍😍😍

Ein Loch zum Versinken

Jule

3. Dezember

3. Dezember, Samstag

9:08 Uhr

Beim Aufwachen würde ich am liebsten sofort wieder einschlafen. Oder besser noch: Für immer schlafen! Nie wieder aufstehen aus meinem gemütlichen Bett …

Rrraaaatsch! Helles Licht blendet mich. Mama hat die Vorhänge beiseitegezogen.

„Mama!“, kreische ich.

„Draußen scheint die Sonne“, antwortet sie.

„Na und? Ich will schlafen!“ Ich ziehe mir die Decke über den Kopf, aber es hilft nichts: Die Erinnerung an gestern ist wieder da. Ich habe mich vor Linus ja wohl so was von blamiert! Wenn ich nur daran denke, glüht mein Kopf schon wieder so sehr – ein Wunder, dass die Decke nicht anfängt zu brennen!

Das einzig Gute: Heute ist Samstag. Jetzt in die Schule, das würde ich nicht überleben!

9:11 Uhr

Was noch gut ist: der Adventskalenderinhalt. Kaugummi mit Zimtsterngeschmack. Hmmm! Ich liebe Zimtsterne! Jetzt schnell die Vorhänge wieder zuziehen, die Lichterkette über dem Bett anknipsen und in die warme Decke kuscheln. Und bloß nicht mehr an Linus denken! Wo ist mein Handy? Ich brauche dringend ein paar lustige Videos!

9:15 Uhr

„Jule! Frühstück!“, brüllt mein Vater von unten. Endlich! Samstags und sonntags holt er nämlich immer frische Brötchen vom Bäcker, und ich habe einen Riesenhunger. Außerdem hat das mit dem Ablenken so was von überhaupt nicht geklappt ...

9:18 Uhr

Natürlich muss ich erst noch den Tisch decken. Eltern, aber echt! Können die einen nicht wenigstens am Wochenende mal verwöhnen?

Als es endlich losgeht mit Frühstücken, nehme ich mir ein Brötchen und lege das halb gekaute Kaugummi auf den Tellerrand. Sofort zieht Mama die Augenbrauen hoch.

„Was ist?", frage ich. „Das will ich noch weiterkauen."

„Das hatte ich befürchtet", sagt Mama.

„Das war in meinem Adventskalender!"

Papa schmunzelt in seinen Bart. „Na, wenn das im Adventskalender war, dann brauchst du natürlich keine guten Manieren."

Der und seine blöden Sprüche immer! Ich starre ihn wütend an, aber das stört ihn leider kein bisschen.

9:34 Uhr

Das kalte, harte Kaugummi nach dem Frühstück wieder in den Mund zu schieben, ist schon ein bisschen eklig. Aber weil Mama und Papa mich beobachten, sage ich: „Lecker!", und zwinge mich zu einem Lächeln.

„Und zieh dich bitte an!", ruft Mama mir hinterher. „Nicht wieder bis heute Nachmittag im Pyjama rumlaufen!"

Anziehen? Es ist Wochenende!!!

10:23 Uhr

Mein Handy summt. Eine Nachricht! Von Linus?

Quatsch, der hat doch gar nicht meine Nummer.

Weihnachtsbäume
zum Snacken

Witziges Fingerfood für Übernachtungspartys oder die Weihnachtsfeier.

Für 10 Gurkenbäumchen

Du brauchst:

2 Salatgurken
tiefgekühlte oder frische Beeren (besonders schön: Johannisbeeren)
Holzspieße mit 20 cm Länge

Außerdem:

einen Sparschäler (Kartoffelschäler)

So geht es:

1. Schneid eine Gurke in zehn runde Scheiben.

2. Schäl von der anderen Gurke mit dem Sparschäler dünne Scheiben (von oben nach unten).

3. Jetzt fädel die Gurkenscheiben im Zickzack auf ein Holzstäbchen (Tannenbaumform – unten breiter, oben schmaler), und piks das Holzstäbchen in eine der runden Gurkenscheiben.

4. Verzier deinen kleinen Gurkentannenbaum mit den Beeren.

TIPP

Für weihnachtliche Käsehäppchen kannst du als Boden unter deinem Tannenbaum auch toll ein Stück Gouda oder Feta nehmen!

Ein Glück! Aber irgendwie auch schade …

Die Nachricht ist von Sina.

Hi, nachher um 5? 😴😁

Sina und Lissy übernachten nämlich heute bei mir! Endlich mal wieder! Das letzte Mal ist echt schon ewig her. Seit Sina mit Kilian zusammen ist, hat sie viel zu selten Zeit.

17:13 Uhr

„Was ist los, Jule?", fragt Sina, kaum, dass wir zehn Minuten in meinem Zimmer sitzen.

„Was soll los sein?"

„Du hast doch was!" Sie sieht mich besorgt an. Genau wie Lissy.

Ich seufze. Die beiden kennen mich einfach zu gut!

„Okay, ich sag's euch, aber ihr müsst schwören, es niemandem weiterzuerzählen. NEVER! Versprochen?"

17:23 Uhr

„Wusste ich es doch!", ruft Lissy, nachdem ich die ganze Geschichte erzählt habe. „Du bist verliebt!"

„Und du hattest echt dein Winnie-Puuh-Shirt an?", fragt Sina.

„Ja." Ich verziehe das Gesicht.

„Ach, mach dir nichts draus. Er hat dich doch trotzdem angesprochen", sagt Lissy.

„Stimmt!", ruft Sina. „Das ist doch ein gutes Zeichen!"

„Aber danach hab ich nur blöd rumgestammelt", brummele ich.

Lissy legt mir tröstend die Hand auf den Arm. „Wenigstens weiß er jetzt, wer du bist."

„Ja, die stotternde Idiotin mit dem Winnie-Puuh-Shirt. Na

super! Ich dachte, ihr wolltet mich aufmuntern!“

In dem Moment klopft es an der Tür. Es ist Papa mit unserer Pizza. „Bitte schön, die Damen!“

„Danke.“ Ich nehme ihm die drei Kartons aus der Hand und schiebe ihn schnell aus dem Zimmer, bevor er noch mehr sagen kann. Zum Glück gehen Mama und er gleich zu einer Weihnachtsfeier!

17:29 Uhr

„Es gibt nur eine Lösung“, nuschelt Sina mit vollem Mund. „Du musst Linus in der Schule ansprechen. Damit er merkt, dass du eigentlich voll nett bist.“

Vor Schreck verschlucke ich mich fast an meinem Pizzastück.

„Das schaffst du schon!“, behauptet Sina. „Ich dachte auch niemals, dass ich mit Kilian zusammenkomme.“

„Aber Kilian hat doch dich angesprochen“, wirft Lissy ein.

„Stimmt, aber wir haben vorher schon viel geflirtet. Ich habe immer extra mit ihm zusammen Tischtennis gespielt und so.“ Und dann erzählt Sina uns zum tausendsten Mal, wie sie mit Kilian zusammengekommen ist. Nur leider hilft mir das kein bisschen! Ich meine, ich kann Linus ja schlecht fragen, ob er mit mir Tischtennis spielen will!

„Wollten wir nicht noch einen Weihnachtsfilm gucken?“, fragt Lissy irgendwann. Meine Rettung!

19:10 Uhr

Der Film ist sooo schön! Mit ganz viel Schnee, zwei Verliebten und jeder Menge Missverständnissen, die sich am Ende alle in Luft auflösen.

Wenn es im echten Leben doch nur auch so einfach wäre ...

To-do-Liste

für Samstag von Kathrin Berger

1. Geschenke für Jules Adventskalender kaufen (ab 4. Dezember ist noch nichts drin!!! Passiert das anderen Müttern eigentlich auch, oder bin ich die Einzige?)

2. Geschenk für Schrottwichteln einpacken (Weihnachtsgeschirrtücher vom letzten Jahr?? Oder den rosa Glitzernagellack, den ich noch nie benutzt habe??)

3. Ninos Übernachtungstasche für Oma und Opa packen

4. Pizza für die Übernachtungsparty der Mädels bestellen

5. Nicht so lange bleiben wie letztes Jahr, sonst ist wieder der ganze Sonntag im Eimer!

4. Dezember

4. Dezember, Sonntag – 2. Advent

9:32 Uhr

Wir frühstücken kalte Pizza, und dazu haben wir uns heißen Kakao gekocht. Pizza plus Schokoladengeschmack – perfekt!

Von Mama und Papa ist zum Glück noch nichts zu sehen.

10:04 Uhr

Adventskalenderinhalt: rosa Glitzernagellack. Voll schön! Das finden auch Lissy und Sina.

Lissy seufzt. „Meine Mutter würde mir nie Nagellack in den Adventskalender tun."

„Du kannst ihn gerne mal ausleihen", sage ich.

„Super! Danke!"

„Ich auch?", fragt Sina.

„Klar!"

Und dann lackieren wir uns gegenseitig die Fingernägel.

10:53 Uhr

Die Fingernägel sind richtig schick geworden. Schade, dass Lissy und Sina gleich schon wieder losmüssen!

Sina stopft ihre Kulturtasche in den Rucksack. „Weißt du jetzt eigentlich, was du morgen zu Linus sagen willst?"

„Nein. Ich weiß ja noch nicht mal, ob ich ihn wirklich ansprechen soll …"

„Wir können ja zusammen überlegen", schlägt Lissy vor, und bevor ich widersprechen kann, hat Sina schon ihr Handy draußen.

„Hey, hier gibt es super Anmachsprüche! Wie wäre es mit: Ist es so heiß hier, oder bist du das?" Sie sieht Lissy an, und die beiden kriegen einen Kicheranfall. Ich stöhne bloß.

„Sorry, Jule“, keucht Lissy, und dann lachen die beiden noch lauter als vorher. Vielleicht doch ganz gut, dass sie gleich losmüssen!

11:06 Uhr

Lissy und Sina wohnen beide in der Nähe und müssen nicht abgeholt werden. Zum Glück! Wenn unsere Eltern sich treffen, geht es nämlich immer so nach dem Motto: „Waren sie auch brav?“ Zwinker, zwinker! Voll peinlich!

Und Mama alleine ist heute wohl zu müde für blöde Sprüche. Sie lehnt nur schlapp im Türrahmen, während ich mich von Lissy und Sina verabschiede, und auf dem Weg zurück ins Wohnzimmer gähnt sie laut.

„Bei uns war es echt spät gestern. Wart ihr eigentlich noch lange wach?“

„Ging so“, nuschele ich. Bei uns ist es immer spät, was denkt sie denn?

„Wo ist eigentlich Nino?“, frage ich, um sie abzulenken.

„Der hat doch bei Oma und Opa übernachtet. Papa holt ihn gerade ab.“

Mama lässt sich aufs Sofa fallen. Gute Idee! Aber plötzlich bleibe ich wie angewurzelt stehen. Auf dem Wohnzimmertisch steht ein Weihnachtsmann-Gartenzwerg. Sein Mantel ist vorne offen, und man sieht seine Boxershorts. Mit Tannenbäumen drauf. Und vor allem mit einer fetten Beule vorne an der Stelle, wo ... Oh Mann!

„Was ist DAS denn???“

„Mist!“ Hastig dreht Mama den Weihnachtsmann um, sodass ich nur noch seinen Rücken sehe. Als ob das jetzt noch was bringen würde!

Sterne falten

Der Klassiker unter den Weihnachtsbasteleien!

Du brauchst:

Papierstreifen (z. B. aus alten Zeitschriften, Comics oder den alten Blockflötennoten) ♥ Schere ♥ Klebestift ♥ Bindfaden ♥ dicke Stopfnadel

So geht es:

1. Schneid dir einen Papierstreifen zurecht, z. B. aus einer alten Zeitschrift. Such dir eine Seite mit schönen Farben, vielleicht Blüten oder Landschaften.

Experimentier ruhig mit der Größe der Papierstreifen. Für den Anfang versuch es doch mit einem 10 x 25 cm großen Streifen. Leg ihn vor dich – 10 Zentimeter breit, 25 Zentimeter lang.

2. Falt nun den Streifen wie eine Ziehharmonika gleichmäßig. Beginn unten – falt einen Zentimeter des Streifens nach oben. Dreh alles um. Falt wieder einen Zentimeter nach oben. Dreh wieder alles um …

3. Schließlich hast du einen 10 Zentimeter breiten und einen Zentimeter hohen Streifen vor dir, der sich wie eine Ziehharmonika aufklappen lässt.

4. Falt diesen Streifen einmal quer, um die Mitte zu finden.

5. Jetzt schneidest du an der offenen Seite eine Ecke ab.

6. Fächer nun den Stern nach beiden Seiten auf, und kleb erst die eine Seite, dann die andere zusammen.

7. Mit dem Bindfaden machst du einen Aufhänger: Fädel ihn in die Nadel, und stich mit der Nadel am besten durch die Klebestellen. Knoten rein – **fertig!**

TIPP

Du kannst diese Sterne auch aus Goldfolie oder aus hochwertigem weißen Papier machen. Aber ganz besondere Effekte erhältst du, wenn du alte Zeitschriften oder Comics verwendest.

„Der ist vom Schrottwichteln. Eigentlich solltet ihr den gar nicht sehen …“ Sie lacht bescheuert. „Na ja, wenigstens ist die Unterhose oben! Außerdem bist du ja aufgeklärt …“

Das ist jetzt nicht ihr Ernst!!!

„Klar bin ich aufgeklärt“, schnaube ich, drehe mich um und stapfe aus dem Zimmer. Als ob das was damit zu tun hätte!

Denn auch wenn ich aufgeklärt bin und natürlich schon ewig nicht mehr an den Typen glaube: Ich will trotzdem nicht wissen, wo der Weihnachtsmann seinen Pimmel hat!

11:08 Uhr

Obwohl das ja eigentlich Quatsch ist. Ich meine, wo sollte der Pimmel denn sonst sein? Am Hinterkopf, am Knie oder was?

11:09 Uhr

Egal! Ich will einfach überhaupt nicht an den Weihnachtspimmel denken! Genauso wenig wie zum Beispiel bei meinem Vater oder meinem Mathelehrer …

11:12 Uhr

Oh nein! Lalala! Schnell an was anderes denken!!!

11:15 Uhr

Und das alles nur, weil Mama beim Schrottwichteln war. Dabei ist das doch total bescheuert! Ich hab noch nie kapiert, was toll daran sein soll, sich gegenseitig hässliches Zeug zu schenken. Richtige Geschenke sind doch viel schöner!

11:18 Uhr

Ob wir in der Klasse dieses Jahr auch wieder wichteln?

Vielleicht ziehe ich ja Linus …

Oh nein, Linus! Plötzlich ist alles wieder da.

Soll ich ihn ernsthaft morgen auf dem Schulhof ansprechen? Und das nach der Sache im Kindergarten?

Das traue ich mich doch niemals!

14:03 Uhr

Auf einmal steht Nino in der Tür. „Jule, bastelst du mit mir?"

„Ähm … Was?" Ich blicke vom Handy auf. Die Flirttipps sind echt alle totaler Mist.

Mein kleiner Bruder hält einen selbst gebastelten Weihnachtsstern hoch. „Davon brauche ich ganz viele! Für das Fest im Kindergarten." Er drückt mir einen Stern in die Hand.

Der ist echt schön! Und wenn Nino mich mit so großen Augen ansieht, ist es verdammt schwer, nein zu sagen. Außerdem lenkt es mich vielleicht von der Sache mit Linus ab …

„Na gut, okay", sage ich und Nino fängt an zu jubeln.

15:38 Uhr

Wir haben sechzehn Sterne geschafft, zehn für den Kindergarten, drei für Ninos Zimmer und drei für mich. Ich hatte ganz vergessen, wie viel Spaß Basteln macht! Ich schalte die Lichterkette über meinem Bett an, und die selbst gebastelten Sterne funkeln. Sooo schön!

Aber als ich mich aufs Bett lege, ist plötzlich alles wieder da. Haben Sina und Lissy recht? Soll ich Linus morgen in der Schule wirklich ansprechen? Wenn ich nur daran denke, krampft sich alles in mir zusammen.

Andererseits: Was ist die Alternative? Aufgeben? Bevor es überhaupt angefangen hat?

Ich seufze. Vielleicht sollte ich doch noch ein paar mehr Flirtvideos gucken …

Startseite > Liebe > Kennenlernen > Flirttipps

ERFOLGREICH FLIRTEN

Flirttipps for you

von Honey Twinklestar, deiner Beauty- und Passion-Freundin

· 24.09.2021

In diesem Artikel: ⌄

Du bist verliebt? In LOVE? Ja!!!

Und ER soll sich auch in dich verlieben? JA!!!! 😍

Das Problem: Du weißt nicht, wie du ihn ansprechen sollst? Genau …

Mit diesen Tipps klappt es GARANTIERT:

1) Dein Make-up, deine Frisur und dein Outfit müssen MEGA sein! Sieh dir am besten unsere STYLING-VIDEOS und das HAIR-TUTORIAL an! (Alle verwendeten Produkte bekommst du natürlich → HIER in meinem Honey Twinklestar-SHOP!) Für die Frisur brauche ich VIER Arme!

2) Überleg dir was EXTRA-GENIALES, um ihn anzusprechen!
No-Gos sind: Peinliche Anmachsprüche, Witze oder Klugscheißen.
Was du brauchst: etwas Persönliches! (Aber auch nicht ZU persönlich! Du willst ihn ja nicht blamieren!!!)
Mein GEHEIMTIPP: Mit etwas anfangen, das ihn WIRKLICH interessiert! (Aber OHNE Einschleimen!!!) HÄ?

3) Aber das ALLERWICHTIGSTE ist: SEI GANZ DU SELBST!

Mit drei Kilo Make-up???

5.

Dezember.

5. Dezember, Montag

7:43 Uhr

„Und? Was willst du nachher zu Linus sagen?“, fragt Sina, kaum dass ich bei unserer Kreuzung angekommen bin.

Ich zucke mit den Schultern. „Keine Ahnung!“

Wenn es nach den Flirtvideos geht, gibt es anscheinend genau zwei Möglichkeiten: Entweder muss ich mich tierisch aufbrezeln und einen ganz persönlichen, aber nicht ZU persönlichen Spruch bringen (voll bescheuert!), oder ich soll einfach „ganz ich selbst“ sein. Und was dabei rauskommt, hat man ja am Freitag gesehen.

„Am besten, du gehst einfach in der Pause zu ihm hin und sagst erst mal ‚Hi‘“, meint Sina.

Ja, genau! Als ob das so einfach wäre!

„Und dann?“, frage ich.

„Dann sagt er auch ‚Hi‘, und dann sagst du wieder was ...“

„Und was?“

„Dir wird schon irgendwas einfallen“, behauptet Sina.

Die hat gut reden! Soll ich etwa sagen: „Schönes Wetter heute."? Voll omamäßig! Oder: „Hi, ich bin voll verknallt in dich.«? Alleine bei dem Gedanken würde ich am liebsten sterben!

7:54 Uhr

Auf dem Weg durch die Klasse zu unserem Platz guckt Sina total auffällig zu Linus rüber. Jedenfalls so lange, bis ich ihr den Ellenbogen in die Seite stoße.

Zum Glück quatscht Linus gerade mit Bilal und kriegt nichts davon mit. Seine blauen Augen leuchten, und jetzt streicht er sich die Haare aus dem Gesicht ... Oh nein, er guckt her! Und ich habe gerade mindestens so auffällig rübergestarrt wie Sina eben! Ab jetzt gucke ich nur noch auf den Boden.

8:09 Uhr

Erste Stunde Bio. Ich kann mich kein bisschen auf das Schaubild an der Tafel konzentrieren, obwohl ich Bio eigentlich gut finde. Aber ich spüre die ganze Zeit Linus' Blick im Nacken. Jedenfalls bilde ich mir das ein … Ob er wirklich gerade hersieht?

8:17 Uhr

Ich halte es nicht mehr aus! Ich drehe mich jetzt um.

8:18 Uhr

Er guckt her! Er sieht mich direkt an!!! Plötzlich glühen meine Wangen wie Feuer, und mein Kopf rotiert im Turbotempo zurück nach vorne. Na super, Jule! TOTAL unauffällig!!!

8:20 Uhr

Wie lange er wohl schon hergesehen hat? Oder war das nur, weil ich mich umgedreht habe? Ich könnte ja noch mal ganz unauffällig über die Schulter nach hinten schielen …

„Jule, hier vorne spielt die Musik!"

Scheiße, Herr Schmidtbach! Unser Lehrer zeigt auf das Schaubild an der Tafel. „Erklär doch mal bitte, was genetisch bedingtes Verhalten ist."

„Ähm … äh …" Hektisch versuche ich, irgendetwas von dem da vorne zu kapieren. Dabei ist es doch eigentlich ganz einfach: Genetisch bedingtes Jule-Verhalten = sich ständig blamieren!!!

9:35 Uhr

Es klingelt. Endlich! Den Rest der Doppelstunde habe ich es

Schokoladen-Fondue

Die perfekte Nascherei an einem kalten Winternachmittag mit deinen Freundinnen – oder romantisch zu zweit ...

Für 4 Personen

Du brauchst:

Für das Fondue

200 g Schokolade (Vollmilch, Zartbitter – was du am liebsten magst) ♥ 200 ml Schlagsahne ♥ eventuell etwas Zimt und Kardamom für weihnachtlichen Geschmack

Zum Dippen

kleingeschnittenes Obst (Banane, Apfel, Ananas, Mandarine ...) ♥ Marshmallows ♥ Kekse ♥ Salzcracker ♥ Marzipankartoffeln

Außerdem:

Fondueset für Schokoladen-Fondue und ein Teelicht oder einen feuerfesten Keramiktopf und ein Stövchen (Teewärmer) mit Teelicht (nimm zwei Teelichter, wenn der Topf recht groß ist) ♥ Fonduegabeln oder normale Gabeln

So geht es:

1. Raspel oder schneid die Schokolade klein.
2. Erhitz die Sahne, und gib die Schokoraspeln hinein.
3. Schmilz die Schokolade unter Rühren.
4. Wenn es eine glänzende, flüssige Masse geworden ist, gib die Schokolade in dein Fondueset oder stell den Keramiktopf auf ein Stövchen und, zünde das Teelicht an.
5. Mit einer Fonduegabel (oder einer normalen Gabel) dippt ihr Obststücke oder Kekse in die warme Schokolade.
6. **Mmmmmhhhh ...**

TIPP

Topping: Du kannst auch kleine Schälchen mit Kokosflocken oder gehackten Haselnüssen bereitstellen, in die man die Schokofrüchte hinterher noch eintauchen kann.

nicht mehr gewagt, mich nach Linus umzudrehen oder auch nur von meinem Heft aufzusehen. Aber eines steht fest: Ich werde ihn auf gar keinen Fall in der Pause ansprechen!

Jedenfalls nicht heute, wo eh alles schiefgeht.

9:37 Uhr

Blöderweise sind Sina und Lissy anderer Meinung. Lissy versucht, mich ganz lieb zu ermuntern, weil sie denkt, ich bin bloß schüchtern. (Was ja auch stimmt. Aber das ist nicht der Hauptgrund!) Und Sina sagt viel zu laut: „Na los, Jule, trau dich!" Und dann versucht sie, mich in Richtung Linus zu schieben. Ich halte natürlich dagegen, Sina schiebt noch fester, ich weiche aus ... Wahrscheinlich sieht es aus, als würden wir kämpfen oder so was! Danach starren auf jeden Fall alle Jungs zu uns rüber. So viel zum Thema „Mich-nicht-mehr-blamieren"!

Und Tilda und Melinda wollen wissen, was los ist.

„Ist es wegen Linus?"

„Das muss Jule euch schon selbst sagen", sagt Sina.

„Gar nichts muss ich!", rufe ich.

„Dann eben nicht", sagt Melinda. Und klingt etwas beleidigt.

9:51 Uhr

„Warum bist du denn nicht zu ihm hingegangen?", flüstert Lissy mir auf dem Rückweg zur Klasse zu.

„Heute geht es einfach nicht", zische ich zurück.

Warum muss ich Linus überhaupt in der Schule ansprechen, wo alle zugucken? Schade, dass ich nicht weiß, wo er wohnt!

Obwohl: Vielleicht holt er ja wieder seinen kleinen Bruder vom Kindergarten ab ... Oh nein, der Kindergarten! Will ich ihn wirklich ausgerechnet da ansprechen? (Stichwort: Winnie Puuh!) Andererseits: Da hört wenigstens keiner zu.

15:45 Uhr

Im Kindergarten. Mama war total begeistert, als ich gesagt habe, ich hole Nino ab. Ich habe mein schönstes Shirt angezogen (in Türkis, mit der Aufschrift „Happy!“ und vor allem OHNE Winnie Puuh!) Aber wer nicht hier ist, ist Linus.

„Wird Emil heute gar nicht abgeholt?“, frage ich Nino.

„Doch. Aber der macht mit Sibylle noch was Geheimes.“

„Mit deiner Erzieherin? Warum das denn?“

„Mann, Jule, das ist ein GEHEIMNIS!“

„Ja, ja. Und wie lange dauert das noch?“

„Weiß ich nicht.“

Na super! Seufzend gehe ich mit Nino raus. Auf dem Heimweg plappert er die ganze Zeit von der Nikolausfeier morgen. Als ob das irgendwen interessieren würde! Obwohl ... Moment mal ... die Nikolausfeier! Da kommt Linus doch bestimmt auch!

18:07 Uhr

Nino putzt seit einer halben Stunde seine Schuhe. Weil morgen der Nikolaus kommt. Voll die Kinderverarsche.

„Willst du deine Schuhe gar nicht putzen, Jule?“

„Nee, lass mal. Für so was bin ich zu alt.“

„Kommt der Nikolaus nicht mehr zu großen Kindern?“

„Der Nikolaus kommt zu allen Kindern, die an ihn glauben“, behauptet Papa und zwinkert mir zu.

„Glaubst du denn nicht an den Nikolaus, Jule?“, fragt Nino.

„Nee.“ Jetzt sieht er mich total enttäuscht an, also schiebe ich schnell hinterher: „Aber ich bin ja auch kein Kind mehr, ich bin ein Teenager.“

„Deine Schuhe kannst du trotzdem gerne putzen“, sagt Papa.

Ich glaube, ich verziehe mich mal lieber in mein Zimmer!

DEZ

Mo	Di	Mi	Do	Fr	Sa	So
28	29	30	1	2	3	4
5	6 !	7	8	9	10	11
12	13	14	15	16	17	18
19	20	21	22	23	24	25
26	27	28	29	30	31	

Notizen:

To-do-Liste des Nikolaus'

(dringend zu erledigen vor dem 6. Dezember!)

Mantel waschen (Da klebt noch Schokolade vom letzten Jahr dran.) ✓

Stiefel putzen (Matschkrusten kommen nicht so gut.) ✓

Neuen Bart kaufen! (Partyshop in der Lise-Meitner-Str.) ✓

Sack vom Nachbarn ausleihen
(Alten Postsack von seinem Job als Postbote) ✓

YouTube-Videos gucken: Die coolsten Nikolaussprüche (Da kann ich bestimmt noch was lernen!)

Und die Schokolade nicht vergessen!!! ✓

6. Dezember

6. Dezember, Dienstag

6:41 Uhr

In Ninos frisch geputzten Schuhen stecken jede Menge Geschenke, in meinen dreckigen ist: NICHTS!

Ob Mama und Papa mir wirklich gar nichts zum Nikolaus schenken? Nur, weil ich nicht mehr an den Babyquatsch glaube? Das wäre ja wohl voll unfair!

6:47 Uhr

Adventskalenderinhalt: ein Schoko-Nikolaus von heute und ein Teebeutel Weihnachtstee (mit Orangen-Zimt-Aroma!) von gestern. Ich habe gestern tatsächlich vergessen reinzugucken!

7:10 Uhr

Auf meinem Platz am Frühstückstisch liegt ein schön eingepacktes Päckchen. Inhalt: Die coole Handyhülle, die ich mir zu Weihnachten gewünscht habe, und meine Lieblingsschokolade.

„Danke!" Ich falle erst Mama um den Hals, dann Papa.

„Aber dafür putzt du nachher deine Schuhe", sagt er.

„Ja, ja."

7:19 Uhr

Beim Frühstück singt Nino ein total bescheuertes Weihnachtslied: „Oh Tannenbaum, oh Tannenbaum, der Nikolaus ist voller Schaum." Immer und immer wieder.

„Du nervst", stöhne ich. „Und lustig ist es auch nicht."

„Ist es wohl!"

„Ist es nicht!"

„Ist es wohl!"

Das „Ist es wohl – ist es nicht“-Spiel kann er ewig spielen.

Ich beiße noch einmal in meinen Toast und springe dann auf. Frühstücken wird eh überschätzt.

9:35 Uhr

Oder auch nicht! Mein Magen knurrt, und blöderweise habe ich auch noch mein Pausenbrot zu Hause vergessen. Also flitze ich in der Pause zum Schulkiosk. Obwohl ich mich so beeilt habe, steht da schon eine ellenlange Schlange. Andererseits – vielleicht ist es ganz gut, wenn ich bis zum Ende der Pause anstehe ... Denn ich habe Sina und Lissy zwar erklärt, dass ich Linus erst nachher auf dem Kindergartenfest ansprechen will, aber wer weiß, ob sie mich nicht trotzdem auf dem Schulhof in seine Richtung schubsen?

11:30 Uhr

Zweite große Pause. Kein Schubsen von Lissy und Sina – puh! Und Linus beachtet mich gar nicht. Na ja, ist vielleicht auch besser so. Wir sehen uns ja nachher!

13:27 Uhr

Endlich zu Hause!!!

14:18 Uhr

Ich trage mein zweitschönstes Shirt (Das „Happy“-Shirt ist in der Wäsche), habe dick Labello aufgetragen (den rosafarbenen) und an meinen Händen glitzert der neue Nagellack. Der Spiegel sagt, ich sehe gut aus!

Und mein Magen sagt, ich habe einen Riesenhunger. (Das Brötchen vom Schulkiosk ist schon ziemlich lange her.)

Weihnachtspopcorn

Ein Muss beim Weihnachtsfilmnachmittag mit den Freundinnen und Freunden!

Rezept für 4 Portionen

Du brauchst:

4 EL Sonnenblumenöl ♥ 100 g Popcorn-Mais ♥ 3 EL Ahornsirup ♥ 1 TL Spekulatiusgewürz oder 1 TL Zimt

Außerdem:

einen großen Topf ♥ eine Schüssel

So geht es:

1. Erhitz das Öl bei mittlerer Hitze in einem großen Topf.

2. Gib Maiskörner hinzu, sodass der Topfboden gleichmäßig bedeckt ist. Schließ den Deckel und hör zu, wie der Mais aufpoppt (ca. 5 Minuten). Toll ist ein Glasdeckel, dann siehst du die Körner springen!

3. Jetzt gibst du den Ahornsirup oder Honig in eine große Schüssel und verrührst ihn mit dem Spekulatiusgewürz oder dem Zimt.

4. Sobald das Popcorn aufhört zu „poppen“, gibst du es heiß in die Schüssel zu deinem Gewürzsirup und rührst gut um.

14:45 Uhr

Jetzt trage ich mein drittschönstes Shirt (auf dem zweitschönsten sind Marmeladenflecken) und eine neue Schicht Labello (ihn vor dem Essen aufzutragen war irgendwie nicht so clever.) Kindergarten, ich komme!

(Wie das klingt ... Gut, dass das niemand gehört hat!)

15:02 Uhr

Im Kindergarten ist alles weihnachtlich geschmückt, Kinder und Eltern wuseln durcheinander, und mein Herz klopft plötzlich doppelt so schnell wie sonst. Ob Linus wirklich hier ist?

Da vorne steht jedenfalls schon mal Nino.

„Hallo, Jule!“ Er strahlt mich an.

„Hi. Sag mal, ist der Bruder von Emil auch hier?“

„Nee, der kommt nicht.“ Ninos Augen zwinkern auf einmal wie bescheuert. Hä? Was ist denn das für eine Nummer?

„Echt nicht?“, frage ich misstrauisch.

„Nee! Aber guck mal, Jule! Da ist der Nikolaus!“ Nino zieht mich hinter sich her, und einen Moment später stehen wir vor einem verkleideten Typen mit rotem Mantel und Bart.

„Sag was“, flüstert Nino.

„Hallo, Nikolaus, das ist ja schön, dass du hier zu den Kindern kommst“, sage ich fröhlich. „Ist der Bart eigentlich echt?“

„Mann, Jule!“, ruft Nino. „Das ist der NIKOLAUS!“

Aber der Typ grinst bloß. „Klar ist der Bart echt“, behauptet er mit eindeutig verstellter Stimme.

„Du, Nikolaus, kennst du das Lied mit dem Schaum?“, fragt Nino. Der Nikolaus kennt es nicht, also singt mein kleiner Bruder so laut, dass die Wände wackeln:

„Oh Tannenbaum, oh Tannenbaum,
der Nikolaus ist voller Schaum.

Er rasiert sich ab den Bart
und sein Gesicht wird popozart.
Oh Tannenbaum, oh Tannenbaum,
der Nikolaus ist voller Schaum."

KRASS! Er singt dem Nikolaus einfach so vor, dass der ein Arschgesicht ist! Aber MEINE Frage war peinlich, oder was?!

Zum Glück taucht in dem Moment von irgendwoher Mama auf und sagt, dass die anderen Kinder auch noch zum Nikolaus wollen. Woraufhin Nino mich zum Bastelstand weiterzerrt.

17:23 Uhr

Das Nikolausfest ist vorbei, und obwohl Linus gar nicht da war, bin ich bis zum Schluss geblieben. Denn verrückterweise hat es echt Spaß gemacht! In meinen Haaren sind Mini-Weihnachtskugeln und Lametta, weil Nino mir am Bastelstand eine „schöne Frisur" gemacht hat. Sogar der Nikolaus sagte: „Schick!", aber das klang ziemlich ironisch. Außerdem gab es leckere Waffeln und Weihnachtspopcorn mit Lebkuchengeschmack, und am Schluss habe ich sogar noch mit Nino und Emil zusammen das Weihnachtsbaum-Schaum-Lied gegrölt. Ich glaube, der Nikolaus fand uns ziemlich albern, aber egal!

17:29 Uhr

Mama schließt gerade die Haustür auf, da fragt Nino: „Jule, weißt du überhaupt, wer der Nikolaus war?"

„Nee, wer?", frage ich gelangweilt.

„Linus", sagt Nino und grinst mich an.

„Linus? Von wem ist das denn der Papa?"

„Mann, Jule, Linus ist der Bruder von Emil! Das weißt du doch!"

NEEEEEEEEEIIIIIIIINNNNNN!!!

ALL YOU NEED TO KNOW

Dein Onlinelexikon

Aus • wan • dern, das

seine Heimat verlassen, um dauerhaft in einem anderen Land zu leben.

→ Minderjährige benötigen hierzu das Einverständnis ihrer Erziehungsberechtigten.

Im Bo • den ver • sin • ken

[1] Redewendung: sich schämen, etwas peinlich finden.

[2] Fälle, in denen z. B. Häuser im Boden versunken sind, stehen in Zusammenhang mit einer Aushöhlung des Bodens durch Braunkohlebergbau u. ä.

Die Zeit zu • rück • dre • hen

[1] Redewendung: Wunschäußerung nach missglückten oder peinlichen Ereignissen

[2] Beliebtes Motiv in → Zeitreisefilmen

[3] Physikalische Unmöglichkeit: Bisher ist es Forschern noch nicht gelungen, die Zeit rückwärts laufen zu lassen

Siebter Dezember

7. Dezember, Mittwoch

6:40 Uhr

Kaum schlage ich die Augen auf, da ist alles wieder da:

– das kindische Lied, das ich mit Nino gegrölt habe

– die Lametta- und Tannenbaumkugelfrisur

– und die alberne Stimme, mit der ich Linus „lieber Nikolaus“ genannt habe

WAAAAH!!!

6:45 Uhr

Adventskalenderinhalt: ein Marzipanherz.

Das nützt mir jetzt auch nichts mehr!

7:42 Uhr

Auf dem Schulweg sagt Sina grinsend: „Du hast ihm also vorgesungen, dass er ein Arschgesicht ist.“

„Nein!!! Also ... das heißt, doch. Aber ich wusste ja nicht, dass er es ist!“, rufe ich.

Sina grinst noch breiter. „Schon klar.“

„Oh Mann, das ist so peinlich!“

Sina legt mir eine Hand auf den Arm. „Ganz ruhig, Jule. Keine Panik. Überlegt doch mal: Immerhin war Linus als Nikolaus verkleidet!“

„Ich weiß! JETZT weiß ich das auch!“, antworte ich. „Und?“

„Na ja, das heißt ja wohl, dass er Spaß versteht. Oder?“

„Stimmt. Also meinst du ... “ Ich atme tief ein. „Meinst du, ich habe mich vielleicht doch gar nicht so schlimm vor ihm blamiert?“

„Na ja ...“ Sina zuckt entschuldigend mit den Schultern.

„Also doch! Ich wusste es!“

„Weißt du was? Sprich ihn doch einfach in der Pause an. Dann siehst du ja, wie er reagiert."

„Das mache ich ganz bestimmt nicht!"

„Wieso nicht? Wenn du gestern in der Schule mit ihm geredet hättest, wäre das alles gar nicht erst passiert."

„Hä? Wieso nicht?"

„Na, weil er dir dann gestern schon erzählt hätte, dass er der Niklaus ist", sagt Sina.

Womit sie ja irgendwie recht hat. Aber trotzdem!

9:33 Uhr

Große Pause. Da hinten steht er! Zusammen mit Paul und Bilal, wie immer. Sina stupst mich in die Seite. Aber ich kann doch nicht einfach da rübergehen und ihn ansprechen, als ob gar nichts passiert wäre! Das habe ich mich ja schon VOR der Blamage gestern nicht getraut.

9:35 Uhr

Moment mal! Was wollen denn Charlotte, Alina und Kiara bei den Jungs? Ausgerechnet die! Charlotte und Alina tragen hautenge Klamotten und so viel Make-up, dass sie abends garantiert einen Spachtel brauchen, um das wieder abzukriegen. Und seit Kiara mit den beiden abhängt, wird es bei ihr auch immer schlimmer.

9:37 Uhr

Scheiße, die machen sich an die Jungs ran! Dass Charlotte auf Paul steht, ist ja nichts Neues, aber jetzt flirtet auch noch Alina mit Bilal und Kiara ... mit Linus!!! Sie wirft ihre langen Haare hin und her und kichert total albern. Und er grinst sie dafür auch noch an!

Geschenkidee:

selbst gemachter Lippenstift

Aus wenigen Zutaten kannst du ganz leicht einen einzigartigen Lippenstift herstellen!

Du brauchst:

1 TL Beerenwachs
1 TL Mandelöl
1 TL Kokosöl oder Sheabutter
etwas Lidschatten in der Farbe, die der Lippenstift haben soll
optional: 1-2 Tropfen ätherisches Öl deiner Wahl

Außerdem:

leere Tiegel, Lippenstifthülsen oder Döschen

So geht es:

1. Desinfiziere die Tiegel oder Lippenstifthülsen (z. B. durch Abkochen).

2. Schmilz z. B. Beerenwachs, Mandelöl und Kokosöl im Wasserbad.

3. Verrühr alles zu einer flüssigen Masse.

4. Dann gib etwas von dem Lidschatten dazu. Fang mit wenig an, und füg so lange mehr dazu, bis die Mischung die gewünschte Farbe hat.

5. Wenn du möchtest, kannst du noch ein bis zwei Tropfen ätherisches Öl hinzugeben, um dem Lippenstift einen bestimmten Duft zu verleihen.

6. Füll die Masse in die Tiegel oder Lippenstifthülsen, und stell sie über Nacht in den Kühlschrank, damit sie wieder fest wird. Danach am besten bei Zimmertemperatur aufbewahren, damit der Lippenstift leichter aufzutragen ist.

TIPP!

Wenn du noch ein paar Tropfen Vitamin E untermischst, ist der Lippenstift länger haltbar!

„Siehst du das?“, flüstert Sina mir überflüssigerweise zu.

„Klar“, zische ich zurück. „Ich bin ja nicht blind!“

„Was flüstert ihr?“, fragt Tilda.

„Ach, nichts“, sage ich, aber Sina muss sich natürlich verplappern. „Es ist wegen Kiara und Linus.“

„Wieso, was ist mit denen?“

„Siehst du nicht, wie die flirten?“

„Tun sie doch gar nicht“, mischt sich Lissy jetzt ein.

„Nicht?“, frage ich. Hoffentlich hat sie recht!

„Quatsch, die reden doch nur! Muss doch nicht alles immer gleich flirten sein.“

„Finde ich auch“, sagt Melinda. „Alle reden immer nur über Jungs und das Verlieben. Dabei gibt es so viele wichtigere Themen auf der Welt! Stichwort Kinderarmut. Wisst ihr zum Beispiel, wie viele Kinder es bei uns gibt, die keine Weihnachtsgeschenke bekommen?“

„Ähm, ja … Das tut mir ja auch voll leid …“, sage ich. Und obwohl ich mir dabei ein bisschen blöd vorkomme, muss ich es trotzdem einfach fragen: „Aber meint ihr echt, die flirten nicht?“

„Doch!“, sagt Sina und gleichzeitig antwortet Lissy: „Nee!“

Und Melinda schüttelt bloß seufzend den Kopf.

Na toll! Damit bin ich also genauso schlau wie vorher.

11:28 Uhr

In der zweiten großen Pause sind Kiaras Lippen noch viel röter als vorher. Die hat garantiert Lippenstift benutzt, extra für Linus! Und egal, was Lissy und Melinda sagen: Das ist eindeutig Flirten, was da gerade abgeht.

Jetzt reichts!!!

11:32 Uhr

Ich weiß nicht, woher ich den Mut nehme, aber ich bin tatsächlich unterwegs zu Linus. Die paar Meter kommen mir so weit vor, als würde ich zu Fuß nach Afrika laufen. Mir ist auch ungefähr genauso heiß.

11:23 Uhr

Ich bin da. Ich stehe direkt vor ihm. Alle starren mich an.

„Hi“, sage ich heiser.

„Hi! Was gibts?“, fragt Linus.

Ja, was gibts? Mein Kopf ist auf einmal komplett leergefegt. Das Einzige, was darin herumschwirrt, sind die dämlichen Anmachsprüche aus den Flirtvideos, und die bringe ich auf gar keinen Fall! Was soll ich nur sagen, was soll ich nur sagen? Die starren immer noch alle!

Das Mädel in dem einen Video meinte doch, man soll Gemeinsamkeiten betonen. Aber was haben Linus und ich schon gemeinsam außer den Brüdern im Kindergarten?

Die Stille wird immer dicker. Ich muss ENDLICH was sagen!

„Ähm ... Gehst du heute wieder in den Kindergarten?“, platzt es aus mir heraus.

Oh nein, wie sich das anhört!

Linus' Wangen laufen knallrot an.

„Ich meinte natürlich nicht als Nikolaus“, schiebe ich schnell hinterher.

Auch nicht besser, Jule, im Gegenteil!!!

Paul brüllt: „Du warst der Nikolaus? Echt jetzt, Alter?“ Linus' Antwort geht in lautem Grölen und Kichern unter.

SCHEISSE!!!

Ich geh dann mal wieder. Und buddele mir ein Loch, aus dem ich nie wieder herauskomme!

Marek
online

Heute

Hi Marek,
Paul und Bilal haben das mit dem Nikolaus jetzt leider doch mitgekriegt. War ja klar! Und sie fahren natürlich voll drauf ab. Nach der Schule haben sie sich ihre Sporttaschen unter die Jacken gestopft und sich die Schals als Bärte umgewickelt.
„Warst du auch schön brav, Alter? Sonst gibts die Rute!“ Und dann sind sie mit irgendwelchen Stöcken hinter mir hergerannt. Voll bescheuert!
Aber ich war auch echt ein Idiot! Wie konnte ich nur glauben, das kommt nicht raus???
Linus

Nachricht

8.
Dezember

8. Dezember, Donnerstag

6:47 Uhr

Mein Leben ist vorbei! Erst Winnie Puuh, dann Weihnachtsbaum-Schaum-Lieder, und dann blamiere ich Linus auch noch vor allen ... Jetzt hält er mich garantiert für eine durchgeknallte Irre!

7:01 Uhr

Ich wanke im Schlafanzug nach unten. „Mama, mir ist so übel", stöhne ich. Und das ist nicht mal gelogen!

Sie sieht mich besorgt an. „Musst du dich übergeben?"

„Nein, ich glaube nicht ..."

„Na, dann ist es ja nicht so schlimm."

Ich lasse mich auf einen Stuhl sinken. „Obwohl ... Ich weiß nicht so genau ..."

„Nicht auf meinen Teller kotzen!", kreischt Nino, und Papa sagt: „Du bist ganz blass. Leg dich besser wieder ins Bett."

„Okay", murmele ich. YES!!! Ich bleibe zu Hause!

„Und hol dir einen Eimer, falls du dich übergeben musst!", ruft Mama mir hinterher.

7:06 Uhr

Adventskalenderinhalt: ein Schokostern.

7:34 Uhr

Mama bringt mir einen Kümmeltee. Dabei weiß sie genau, dass ich den hasse!

„Ich muss jetzt leider los, mein Schatz. Wenn irgendwas ist, ruf mich an, ja?"

„Ja, mach ich …“, hauche ich mit schwacher Stimme.

Plötzlich starrt sie auf meinen Nachttisch. Genauer gesagt, auf das goldene Schokostern-Einwickelpapier.

„Ich dachte, dir ist übel!“

„Ist mir ja auch“, stottere ich. Mist! Warum hab ich nur das Papier da liegen gelassen?

„Wer Schokolade essen kann, kann auch in die Schule gehen!“

7:43 Uhr

Ich putze im Turbotempo Zähne. Ich hätte doch sagen können, das Papier ist von gestern! Oh Mann, warum fallen einem die richtigen Antworten immer erst hinterher ein?

8:05 Uhr

Ich hasse es, zu spät zu kommen! Auch wenn es nur ein paar Minuten sind. Die Reichenfels schreibt gerade irgendwelche englischen Wörter an die Tafel, und ich versuche, unauffällig auf meinen Platz zu huschen. Wenigstens sind die anderen mit Abschreiben beschäftigt. Jedenfalls, bis die Reichenfels sich umdreht und sagt: „Jule, schön, dass du auch schon kommst.“ So viel zum Thema „unauffällig“!

8:06 Uhr

„Verschlafen?“, flüstert Sina mir zu, als ich mich neben sie auf den Stuhl plumpsen lasse. Ich schüttele bloß den Kopf, denn die Reichenfels sieht sich gerade in der Klasse um. Hat sie irgendwas gefragt? Hoffentlich nimmt sie mich nicht dran!

8:07 Uhr

Niemand meldet sich, alle gucken auf ihre Hefte oder Tische. Bis Alina ihren Finger hebt. Puh!

Geschenkpapier

selber machen

Sei kreativ und probiere einfach mal ein paar Dinge aus! Hier kommen drei coole Tipps für selbst bedrucktes Geschenkpapier.

Du brauchst:

Packpapier ♥ Acrylfarbe, z. B. in Gold und Weiß oder in Weihnachtsrot ♥ Pinsel

Zum Drucken:

Luftpolsterfolie und Schere ♥ oder Wellpappe und eine leere Klorolle ♥ oder Kartoffel und Plätzchenausstecher und Messer

So geht es:

Idee 1

Nimm Luftpolsterfolie, schneid sie in gut handhabbare Rechtecke, streich sie zügig (!) mit Acrylfarbe ein und druck schöne Punkte auf Packpapier. In Weiß oder Gold auf dem bräunlichen Papier – sieht toll aus! Gerade besonders schön, wenn es nicht ganz gleichmäßig wird.

Idee 2

Wickle Wellpappe um eine leere Klorolle und mach dir so eine tolle Druckwalze. Pinsle die Farbe auf die Wellpappe, und walze los. Königsblau auf Packpapier – wirkt sehr edel!

Idee 3

Oder der Klassiker: Kartoffeldruck. Halbier eine Kartoffel, und drück vorsichtig ein paar Millimeter tief einen Plätzchenausstecher in die glatte Kartoffeloberfläche. Lass den Ausstecher stecken, und schneid mit einem spitzen Messer außen herum die Kartoffel weg. Wenn du jetzt den Ausstecher herausziehst, hast du einen tollen Stempel. Bestreich die Stempelfläche mit Acrylfarbe (hier geht auch Wasserfarbe) an, und druck los. Setz die Stempel mal wild durcheinander, mal in ganz akkuraten Reihen und geometrischen Mustern. Es sieht immer wieder anders und besonders aus! Farbtipp: Türkis mit Gold sieht stark aus!

TIPP! *Schütze vor allem beim Arbeiten mit Acrylfarben deine Klamotten und die Umgebung – zieh ein altes Shirt an, und leg genug alte Zeitungen auf die Arbeitsfläche.*

„Frau Reichenfels, wichteln wir eigentlich dieses Jahr wieder?“

Die Reichenfels seufzt. „Ich hatte eigentlich gehofft, dass du meine Frage beantwortest! Außerdem: Seid ihr fürs Wichteln nicht schon ein bisschen zu alt?“

Daraufhin schreien alle durcheinander, dass man fürs Wichteln nie zu alt ist und dass das doch total schön ist und so.

Fabian meint zwar, das ist Umweltverschmutzung, von wegen Verpackungen und so, aber auf den hört eh nie einer.

„Es ist doch das Fest der Liebe!“, ruft Charlotte.

Pah! Weiß doch jeder, dass Charlotte nur wichteln will, weil sie auf Paul steht! Und dann tauscht sie einfach so lange Zettel, bis sie ihn hat. (Obwohl, dann passt es ja irgendwie wieder).

8:10 Uhr

Vielleicht könnte ich ja auch Linus ertauschen? Und dann schenke ich ihm etwas ganz Besonderes, etwas, das ihm zeigt, wie ich wirklich bin! Nett und toll und so und auf jeden Fall KEIN BISSCHEN peinlich! Ich linse zu ihm nach hinten. Er und ich ... Das wäre sooo schön!!!

„RUHE!“, ruft Frau Reichenfels. „Wir stimmen ab! Wer ist dafür, dass wir wichteln?“

Mein Finger schnellt schon nach oben, da fügt sie noch hinzu: „Wer weiß übrigens, wie das Wichteln in England heißt? Jule? And from now on in English, please!“

„Äh ... Nein ...“, stammele ich. „Also, I did not mean ...“

„Secret Santa!“, sagt die Reichenfels.

Und dann stimmen wir endlich ab. 21 zu 6 dafür. Yeah!

8:39 Uhr

Ich ziehe einen Zettel und falte ihn auseinander.

Scheiße, ich habe Kiara! Ausgerechnet!!!

9:37 Uhr

Große Pause. Alle vergleichen ihre Wichtelzettel. So viel zu der Ansage von Frau Reichenfels, dass das „unbedingt geheim bleiben muss. Top secret!“.

Sina hat Feline gezogen und stöhnt rum, dass die ja nur auf Pferdekram steht.

„Na und? Ist doch super!“, sagt Tilda. „Da weißt du gleich, was du ihr schenken kannst.“

„Wenn du das so super findest, nimm du sie doch.“

„Aber nur, wenn du dafür Karim nimmst!“

Und schon haben sie Zettel getauscht. Die Glücklichen!

Wie schaffe ich es nur, Linus zu ertauschen?

11:26 Uhr

Zweite Pause. Auf dem Weg zum Schulhof fragt Sina mich: „Wen hast du denn, Jule?“

„Kiara“, brummele ich.

„Tausch die doch gegen Linus!“

„Wenn du weißt, wer ihn hat …?“

„Nein, aber du kannst Bilal fragen. Der weiß alle Zettel.“

„Echt? Cool!“ Ich gucke zu Bilal rüber, der gerade am anderen Ende des Schulhofs mit Alina quatscht. (Genauso wie Linus mit Kiara. Seufz!)

„Nee, lieber doch nicht! Dann wissen doch alle sofort, dass ich in Linus verliebt bin!“ Schon bei dem Gedanken möchte ich am liebsten im Boden versinken.

„Soll ich für dich hingehen?“, fragt Lissy.

„Bloß nicht! Dann denken die, DU bist in Linus verknallt!“

Ich seufze. Warum muss das nur so kompliziert sein?

Klassenbuch der Klasse 8c

Thema/Inhalt	Versäumnisse	Fach	Std.
Donnerstag, den 8. Dezember			
Weihnachtskultur im englischsprachigen Raum	Jule (fünf Minuten)	English	1
(Secret Santa)		English	2
Diskussionskultur am Beispiel von Secret Santa –			
Pros & Cons			
Wahlverfahren (Secret Santa), Planung von			
Ereignissen (Secret Santa)			

So viele Unterrichtsziele in einer Stunde umgesetzt! Das soll mir erst mal jemand nachmachen!

Beate Reichenfels

9. Dezember

9. Dezember, Freitag

6:44 Uhr

Adventskalenderinhalt: ein Mini-Notizbuch mit Herzen vorne drauf. Ich habe natürlich sofort in jedes einzelne Herz ein „L“ gemalt.

6:49 Uhr

Ich hätte sooo gerne Linus beim Wichteln! Dann wäre alles ganz einfach: Ich schenke ihm etwas, das tief und bedeutsam ist und gleichzeitig total süß. Er packt es aus, und unsere Blicke treffen sich … er steht auf und kommt auf mich zu … mein ganzer Körper kribbelt vor Aufregung … sein Gesicht kommt immer näher … und dann berühren sich unsere Lippen! (Das ist seit gestern die neue Variante meines Traums.)

WARUM hab ich mich bloß nicht getraut, zu Bilal zu gehen und ihn nach dem Zettel mit Linus zu fragen?

6:50 Uhr

Ganz einfach: Weil Linus das dann mitgekriegt hätte. Und ich habe mich echt schon oft genug vor ihm blamiert!

Außerdem ist der Traum natürlich sowieso Quatsch. Als ob er mich nach dem Geschenkauspacken gleich küssen würde!

In der Klasse! Vor allen!

Das wäre doch einfach nur peinlich.

Und ehrlich gesagt wüsste ich auch gar nicht, was ich dann machen sollte. Mit dem Küssen habe ich nämlich null Erfahrung. (Leider!) Deshalb hört mein Traum ja auch nach dem Lippenberühren auf. Ich meine, wir reden hier schließlich über richtiges Küssen, mit Zunge und so! Und nicht über die feuchten Schmatzer auf die Wange von Oma oder die trockenen von Nino. Andererseits: Küsst nicht jeder irgendwann zum ersten Mal? Dazu muss es doch Infos geben! Wo ist mein Handy?

6:58 Uhr

Folgende Tipps habe ich gefunden:

1) „Presse deine Lippen fest auf seine und warte seine Reaktion ab." Okay, das ist ja irgendwie logisch. Nicht weitermachen, wenn er anfängt zu würgen. (Der Alptraum!!!)

2) „Bewege langsam deine Lippen." Ja, aber WIEEEEE???

3) „Achte darauf, die Lippen zu entspannen, dann klappt das Küssen fast von allein." Ähm – also doch nicht bewegen? Einfach nur schlaffe Lippen aufeinanderpressen?

4) „Gleite mit der Zunge sanft über die Lippen deines Liebsten." Warum muss ich jetzt an Lissys Hunde denken, die sich gegenseitig abschlabbern?

5) „Lasst eure Zungen miteinander spielen." Mensch-ärgere-dich-nicht oder Fußball?

6) „Eventuell kannst du auch seine Lippen anknabbern."

WTF???!!

7:01 Uhr

Scheiße, ich bin noch im Schlafanzug. Jetzt muss ich mich echt beeilen!

7:53 Uhr

Auf dem Schulflur fängt Lissy mich ab. „Ich hab ihn!"

Sie hält mir einen Zettel unter die Nase, und mein Herz setzt einen Schlag aus. Denn darauf steht in krakeliger Jungsschrift: Linus.

„Wow! Wie hast du das denn geschafft?"

Lebkuchenherzen

Die leckerste Art, jemandem zu sagen, wie gern man ihn hat!

Ergibt 2 große Herzen

Du brauchst:

125 g Butter ♥ 125 g Zucker ♥ 200 g flüssigen Honig ♥ 1 TL Lebkuchengewürz ♥ 1 EL Kakao ♥ 1 Eigelb ♥ 3 EL Wasser ♥ 400 g Mehl ♥ 1 TL Backpulver ♥ 1 Prise Salz

Zum Verzieren:

1 sehr frisches Eiweiß ♥ 200 g Puderzucker

Außerdem:

Papier, Bleistift, Schere ♥ Nudelholz ♥ spitzes Messer ♥ Blech und Backpapier ♥ Rührgerät ♥ Spritzbeutel mit Tülle Ø 5 mm oder einen Gefrierbeutel ♥ Geschenkband

So geht es:

1. Erhitz Butter, Zucker, Honig, Lebkuchengewürz und Kakao in einem Topf, und rühr die Zutaten gut durch (nicht kochen).

2. Lass alles wieder auf Zimmertemperatur abkühlen, und gib erst dann die restlichen Zutaten hinzu und knete den Teig mit den Händen sehr gut durch.

3. Stell den Teig eine Stunde in den Kühlschrank.

4. Fertige eine Herzschablone aus Papier an.

5. Heiz den Backofen auf 160 °C (Heißluft) oder 180 °C (Ober-/Unterhitze).

6. Roll den Teig etwa einen Zentimeter dick aus.

7. Schneid mit einem spitzen Messer aus dem Teig Herzen mithilfe deiner Herzschablone aus.

8. Falls du später ein Band an dein Herz machen willst, bohr mit einem Holzstäbchen ein oder zwei Löcher in das Herz.

9. Leg die Herzen auf ein mit Backpapier ausgelegtes Backblech, und back sie 15 – 18 Minuten.

10. Zieh die Herzen zum Auskühlen auf einen Kuchenrost.

Verzierung:

1. Schlag das frische Eiweiß mit einem Mixer sehr steif.

2. In das steife Eiweiß lässt du den Puderzucker einrieseln.

3. Den nun entstandenen dickflüssigen Guss kannst du in verschiedene Schälchen füllen und mit unterschiedlichen Speisefarben färben.

4. Füll den Guss in einen Spritzbeutel, und beschrifte damit die Herzen. Wenn du keinen Spritzbeutel hast, nimmst du einen Gefrierbeutel und schneidest eine kleine Ecke ab.

5. Lass den Guss am besten über Nacht durchtrocknen, dann kannst du ein Band durch das Herz fädeln.

TIPP! *Mach dir vorher eine Skizze auf Papier, wie der Schriftzug aussehen soll – und welche Verzierung du planst!*

„Ich hab einfach Bilal gefragt."

„Mann, Lissy! Und wenn er jetzt denkt, du stehst auf Linus?"

„Ich hab behauptet, ich frage für jemand anderen. Aber ich hab nicht gesagt, für wen."

„Genial!!!" Ich falle ihr um den Hals. „Danke, Lissy! Danke, danke, danke!" Ich hab Linus beim Wichteln! Jetzt wird alles gut! Lissy ist die Beste!

Bloß blöd, dass ich ihr als Dank dafür nur Kiara anbieten kann.

„Ich hoffe, du kannst die noch gegen jemand Besseren tauschen", murmele ich und gebe ihr meinen Zettel.

„Bestimmt."

9:37 Uhr

In der Pause flirtet Kiara wieder total auffällig mit Linus, aber heute ist mir das völlig egal. Denn ICH habe ihn beim Wichteln! Und ich werde ihm etwas schenken, das so toll ist, dass er sich auf der Stelle in mich verliebt!

9:38 Uhr

Nur: WAS?

9:41 Uhr

„Schokolade geht immer", sagt Lissy.

Aber ob er bei einer Tafel Vollmilch-Nuss versteht, dass ich das Mädchen seiner Träume bin?

„Also, ich hab Kilian zum Nikolaus ein Lebkuchenherz geschenkt", meint Sina.

Okay, das ist eindeutig. Viel zu eindeutig! Alleine schon bei dem Gedanken, Linus IRGENDWAS in Herzform zu schenken, wird mir abwechselnd heiß und kalt.

„Auf was steht er denn so?", fragt Lissy. „Hast du ihn noch nicht gegoogelt?"

Klar hab ich. Jeden Tag. Stundenlang.

„Ja, einmal kurz", sage ich. „Aber er hat alles auf privat gestellt."

„Schade."

Wem sagt sie das?

13:28 Uhr

Zu Hause schalte ich sofort mein Handy an, um nach einem Geschenk zu suchen. (In der Schule sind Handys leider verboten.) Aber „Geschenke für Verliebte" ergibt nur lauter Sachen mit Herzen drauf: Kissen, Tassen und sogar Boxershorts. Als ob ich Linus eine Unterhose schenken würde! Außerdem ist das eh alles zu teuer, wir dürfen ja höchstens fünf Euro ausgeben.

Ich könnte ihm natürlich ein Notizbuch schenken mit dem Aufdruck: „Mir ist kein besseres Wichtelgeschenk eingefallen, sorry." Das gibt es wirklich! Genauso wie jede Menge anderen Schrott. Ich glaube, ich geb's auf!

Jedenfalls für heute. Morgen bin ich mit Lissy und Sina zum Klamottenshoppen in der Stadt verabredet. Vielleicht entdecke ich da ja quasi im Vorbeigehen das perfekte Wichtelgeschenk für Linus?

Geschenkideen für Kilian von Sina

Ein Lebkuchenherz? (Nee, zu wenig für Weihnachten und außerdem hab ich ihm das ja gerade erst zum Nikolaus geschenkt! Dann denkt er doch, mir fällt nichts Besseres ein!)

Eine Schachtel in Herzform ... Was ist denn da drin?

Oh nein, Lebkuchen! (Siehe oben!)

Ein Kissen in Herzform zum Kuscheln? (Aber das ist ihm garantiert peinlich, wenn seine Kumpels vorbeikommen. Außerdem soll er mit MIR kuscheln und nicht mit irgendeinem Kissen!)

Eine Boxershorts mit Herzen drauf? (NEVER!!! Womöglich denkt er dann noch, dass ich ihm die wieder ausziehen will!!!)

Puh, gar nicht so einfach ...

10.
Dezember

10. Dezember, Samstag

9:02 Uhr
Adventskalenderinhalt: ein tanzender Mini-Weihnachtsbaum. Der findet meine Playlist anscheinend genauso gut wie ich! (Er ist zwar nicht ganz im Takt, aber egal.)

11:03 Uhr
Treffen mit Lissy und Sina in der Fußgängerzone. Zwei Jungs mit Gitarren spielen „Last Christmas“, aber im Gegensatz zu der Radioversion (mit Mamas Gesang) 🙄 klingt es bei ihnen richtig gut. Und von den Weihnachtsmarktständen duftet es köstlich nach …

„Gebrannte Mandeln?“, fragt Sina.

„Oh ja!“, rufen Lissy und ich.

11:07 Uhr
LECKER!!!

11:15 Uhr
Wir schlendern weiter in Richtung Klamottengeschäft, wo wir nach Jeans gucken wollen. Ich, weil ich nur noch eine gute und eine mittelgute habe, Sina, weil sie noch keine schwarze hat, und Lissy, weil ihr Klamottenanprobieren immer Spaß macht.

Ich angele mir noch eine gebrannte Mandel aus der Tüte. „Habt ihr eigentlich schon eine Idee für eure Wichtelgeschenke?“

Lissy schüttelt den Kopf, und Sina sagt: „Oh, stimmt! Lass uns mal da drüben reingehen!“ Sie zeigt auf einen kleinen Laden, in dem es allen möglichen Kram gibt.

11:18 Uhr

Wir stehen vor einem Regal für Fußballfans. Es gibt Shirts, Tröten, Puzzles und sogar Müsli mit Vereinslogo auf der Packung. (Ob man mehr Tore schießt, wenn man das zum Frühstück isst?)

Sina dreht eine Tasse um, aber die kostet 9,95 Euro.

„Schade, viel zu teuer. Die wäre perfekt für Karim."

„Schenk ihm doch so einen! Nur 2,99 Euro!" Grinsend hält Lissy einen Fan-Lippenbalsam hoch.

Ich zeige auf das Döschen daneben. „Oder guck mal, Lidschatten in Vereinsfarben!"

„Steht ihm bestimmt super", sagt Sina.

Wir sehen uns an und kriegen einen Kicheranfall.

11:25 Uhr

Sina steht mit Fußball-Bleistift und -Radiergummi an der Kasse, während Lissy und ich weiter die Regale entlangstreifen. Furzkissen, Duftkerzen und Sprüchebecher („Der Klügere kippt nach"). Na super!

„Hast du immer noch Kiara?", frage ich Lissy.

„Ja."

„Konntest du sie nicht tauschen?"

„Nee, ist aber auch egal. Was schenkst du denn Linus?"

„Wenn ich das wüsste ..."

„Willst du wirklich kein Lebkuchenherz?", fragt da plötzlich Sinas Stimme neben mir. „Kilian fand das voll süß."

„Bloß nicht! Stell dir mal vor, Paul und Bilal kriegen mit, dass ich Linus ein Herz schenke! Die Sprüche, die dann kommen ..."

Sina verzieht das Gesicht. „Stimmt."

Und Lissy fragt: „Aber Linus soll schon merken, dass du in ihn verliebt bist, oder nicht?"

Gebrannte Mandeln

Zaubere einen Duft von Weihnachtsmarkt
in eure Küche ... Mmmmh!

Du brauchst:

200 g Mandeln
100 ml Wasser
75 g Zucker
1 Päckchen Vanillezucker
1 Prise Zimt

Außerdem:
eine Pfanne
Backpapier

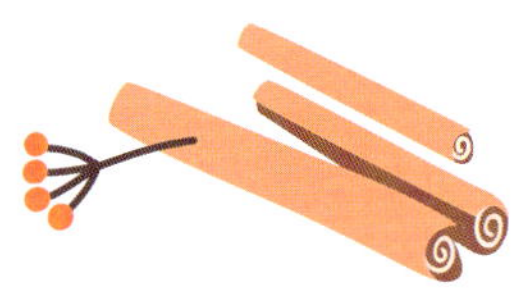

So geht es:

1. Gib Wasser, Zucker, Zimt und Vanillezucker mit den Mandeln in eine Pfanne, und lass das Ganze bei mittlerer Hitze kochen, bis das Wasser verdampft ist.

2. Wenn der Zucker krümelig wird, rühr so lange, bis er wieder ein wenig schmilzt – pass dabei auf, dass er nicht anbrennt.

3. Nimm die Pfanne vom Herd, und verteil die Mandeln auf einem Stück Backpapier. Zieh sie mit zwei Löffeln (nicht mit der Hand!) etwas auseinander, damit sie nicht aneinanderkleben.

Flüssiges Karamell ist extrem heiß und lässt sich aufgrund seiner Klebrigkeit nicht einfach abwischen. Deshalb sei besonders vorsichtig beim Hantieren mit geschmolzenem Zucker. Bitte nicht naschen oder den Rührlöffel abschlecken!

TIPP

Wenn du besonders experimentierfreudig bist, kannst du die Mandeln auch durch Walnüsse, Sonnenblumenkerne oder Haselnüsse ersetzen.

„Ich weiß nicht. Ja? Nein!“

„Mann, Jule, was denn nun?“

„Kompliziert, ich weiß!“ Ich seufze. Denn natürlich will ich Linus etwas Besonderes schenken, etwas, bei dem er sich am besten sofort in mich verliebt! Und andererseits habe ich einfach Riesenschiss, mich wieder vor ihm zu blamieren. Oder ihn vor den anderen. Oder beides.

Ich seufze noch einmal. „Lasst uns erst mal nach Klamotten gucken, okay?“ Das ist wenigstens einfach.

12:17 Uhr

Von wegen, einfach! Ich stecke schon in der fünften Jeans, aber es ist immer dasselbe: An den Beinen okay, aber oben quillt mein Bauch heraus. Dabei bin ich echt nicht dick oder so was, aber eben auch nicht streichholzdünn wie Lissy. Bei der sieht jede Jeans perfekt aus, dabei braucht sie eigentlich gar keine neue. Voll unfair!

„Lissy steht echt alles“, sagt Sina und klingt dabei genauso neidisch, wie ich mich fühle.

„Ja, untenrum! Aber obenrum ...“ Lissy rollt die Augen. „Für mich müsste man eine BH-Größe im Minusbereich erfinden.“

„Aber die Cupgrößen sind doch Buchstaben“, sage ich.

„Du weißt doch, wie ich das meine!“

Okay, es gibt wohl doch keinen Grund, auf Lissy neidisch zu sein. Schon komisch, dass man immer denkt, nur man selbst ist nicht perfekt.

15:52 Uhr

Zu Hause. Zum Glück habe ich im letzten Geschäft doch noch eine Jeans gefunden. Eine Jeggings, knalleng an den Beinen, aber mit Stretch und am Bauch deshalb auch okay.

Und die war sogar reduziert!

„Kein Wunder, der Stoff ist ja auch viel zu dünn für den Winter“, sagt Mama.

„Ist doch egal!“ Ich stürme die Treppe hoch in mein Zimmer. An allem muss sie rummeckern! Typisch!

15:56 Uhr

Die ist doch nicht zu dünn! Oder?

Am besten, ich probiere sie noch mal an.

15:58 Uhr

Die Jeans sitzt perfekt, sagt der Spiegel. Und das, obwohl ich mit Lissy und Sina nach dem Shoppen noch Pizzaessen war und mich total überfressen habe. Na also! Ich weiß gar nicht, was Mama gegen die hat!

Scheiße ist bloß, dass die anderen alle nicht gepasst haben.

16:00 Uhr

Oder liegt es doch an mir? Bin ich echt zu dick? Okay, mein Bauch ist nicht so flach wie der von Lissy, sondern eher eine kleine Halbkugel ... Aber das sieht doch trotzdem gut aus! Außerdem ... Ich streiche sanft darüber. Hmmm ... Fühlt sich gut an! Und meine Brüste sind zwar nicht so groß wie die von Sina, aber trotzdem voll schön. Und wenn ich sie streichele, fängt es in meinem ganzen Körper an zu kribbeln.

16:04 Uhr

Ich finde, ich bin schön! Kugelbauch hin oder her!

Aber Lissy ist auch schön, auf eine andere Art. Obwohl sie so kleine Brüste hat. Und Sina auch!

Wer entscheidet überhaupt, was schön ist und was nicht?

DIE PERFEKTE JEANS:

RICHTIG SCHÖN OHNE BAUCH!

Stört dich dein Bauch, weil man ihn einfach immer sieht? Wir haben **DIE LÖSUNG** für dich: Unsere neue Bauchweg-Jeans lässt deinen Bauch einfach verschwinden!

Und dann ist da ein Loch, oder was?

Die Technologie, die wir uns beim Schiffsbau abgeguckt haben, quetscht deinen Bauch so zusammen, dass nichts mehr davon zu sehen ist. Der Vorteil: Du kannst auch nichts mehr essen!

Keine gebrannten Mandeln? Keine Pizza? Wieso ist das ein Vorteil???

Ja, das ist unangenehm – aber lächle trotzdem weiter, und alle werden denken, es geht dir gut.

Endlich OHNE BAUCH!!!
Ist das nicht ein Traum?

WTF??!

Risiken und Nebenwirkungen: Durch den Druck im Bauchbereich können nach einiger Zeit Übelkeit, Atemnot und Schwindelanfälle auftreten. In diesen Fällen die Hose sofort ausziehen.

Und was soll das überhaupt heißen, die Hose sofort ausziehen? VOR ALLEN???

Also entweder, ich kotze Linus vor die Füße – oder ich kippe vor ihm um, oder was? Diese Hose ist kein Traum, die ist ein ALPTRAUM!!!

11.

Dezember

11. Dezember, Sonntag – 3. Advent

9:00 Uhr

Adventskalenderinhalt: Zimt-Mandeln. (Lecker!)

9:30 Uhr

Frühstück mit Weihnachtsmusik, Adventskranz – und Opa.

„Was machst du denn hier?“, frage ich und schlurfe zu meinem Platz.

Opa grinst. „Ich wünsche dir auch einen guten Morgen, liebe Enkelin!“

„Opa kommt doch mit, den Weihnachtsbaum schlagen!“, ruft Nino.

Stimmt, das wollten wir ja heute machen. Ich angele mir ein Brötchen.

„Jule war übrigens gestern mit ihren Freundinnen in der Stadt“, erzählt Mama.

„Hast du Geschenke gekauft?“, fragt Opa.

„Nein, eine Hose.“

„Aber wolltest du nicht auch ein Geschenk fürs Wichteln besorgen?“, fragt Mama. Hätte ich das bloß nie erzählt!

Opas Augen strahlen. „Wichteln! Das haben wir früher auch gemacht! Was hast du, Junge oder Mädchen?“

„Junge“, murmele ich. „Kann ich mal die Marmelade haben?“

Aber so leicht lässt Opa sich nicht ablenken. „Der Klassiker für Jungs ist natürlich Aftershave“, sagt Opa. „Das bekomme ich auch oft geschenkt. Oder Deo, falls er sich noch nicht rasiert.“

Ich werde Linus auf gar keinen Fall fragen, ob er sich schon rasiert! Und Deo? Da kann ich ja gleich zu ihm sagen: Du stinkst! (Was er natürlich nicht tut. Kein bisschen!)

„Oder soll es was Persönlicheres sein?“, fragt Mama. „Dann back ihm doch ein paar Kekse oder so. Oder schreib ihm ein Gedicht! Du bist doch so gut in Deutsch.“

Ich schreibe Linus GANZ BESTIMMT kein Gedicht! Alleine bei dem Gedanken brennen meine Wangen wie die Kerzen auf dem Adventskranz. Gut, dass ich so lange Haare habe, hinter denen ich mich verstecken kann!

„Warum wirst du denn jetzt rot?“, fragt Opa. „Sind da etwa Gefühle im Spiel?“

„Oh Mann, ihr seid alle so doof!“, brülle ich, springe auf und stürme hinaus.

„Also ja“, höre ich Opa noch sagen.

9:39 Uhr

Meine Haare tropfen. Mist, das ist Tee! Wahrscheinlich haben sie im Becher gehangen, als ich mich hinter ihnen versteckt habe. Na super! Und was ist das für ein komisches knurrendes Geräusch? Oh nein, das ist mein Magen! Und das fertig geschmierte Brötchen liegt noch auf dem Teller.

9:40 Uhr

So würdevoll, wie es mit tropfenden Haaren möglich ist, marschiere ich zurück zum Tisch.

„Kommst du wieder frühstücken?“, fragt Papa.

„Nein, ich gehe zurück ins Bett!“, verkünde ich und schnappe mir mein Brötchen.

„Isst sie das etwa im Bett?“, höre ich Opa beim Rausgehen fragen. „Da krümelt sie doch alles voll!“

„Jetzt lass sie einfach“, antwortet Mama.

„Wer nie sein Brot im Bette aß, weiß nicht, wie Krümel piksen.“ Wieder Opa. Oh Mann!!!

Weihnachtspunsch

Mit einem leckeren Weihnachtspunsch im Thermobecher wird jeder Schneespaziergang mit deiner besten Freundin oder deinem Freund zu einem besonderen Event. Und zur Not funktioniert ein Weihnachtspunsch-Spaziergang auch ohne Schnee ...

Du brauchst:

½ l Traubensaft ♥ ½ l Apfelsaft ♥ 1 Zimtstange ♥ 2 Gewürznelken ♥ 1 Orange

Außerdem:

einen Topf ♥ vielleicht: Thermobecher oder Thermoskanne

So geht es:

1. Gib den Apfel- und den Traubensaft zusammen mit der Zimtstange und den Nelken in einen Topf, und erhitz ihn.

2. Wenn der Punsch kurz vor dem Kochen ist, schalte den Herd aus, und lass das Getränk 10 Minuten auf der heißen Platte ziehen.

3. In der Zwischenzeit presst du die Orange aus.

4. Nach 10 Minuten nimmst du die Gewürze heraus und gibst den frisch gepressten Orangensaft in den Punsch.

TIPP

Wenn du den Punsch zu Hause servierst, kannst du einen Streifen Orangenschale (von einer Bio-Orange) oder Sternanis als Deko in die Tasse geben.

Und ich kann mit dem Teller in der einen und dem Becher in der anderen Hand noch nicht mal die Tür richtig zuknallen!

9:44 Uhr
Im Bett essen ist sowieso viel gemütlicher.

11:09 Uhr
Unterwegs zum Tannenbaumschlagen. Mama hat mich so lange vollgetextet, bis ich doch mitgekommen bin. Und ich bereue es jetzt schon! Zu fünft im Auto ist es voll eng, und jetzt stehen wir auch noch im Stau. Und das mitten im Wald! Weil anscheinend die halbe Stadt heute einen Weihnachtsbaum schlagen will. So viel zur „schönen Natur", von der Opa die ganze Hinfahrt lang geredet hat.

11:22 Uhr
Endlich haben wir einen Parkplatz, und jetzt müssen wir ewig weit den matschigen Waldweg zurücklaufen.

„Guck mal, Jule, hier sind Tannenzapfen!" Nino hält mir einen unter die Nase.

„Schön", sage ich ironisch.

Obwohl ... Die sind ja wirklich schön! Vor allem der da vorne. Und der da ... Hier sind ja voll viele! Die lege ich zu Hause auf meine Fensterbank. Vielleicht kann man sie auch noch in Gold oder Silber ansprühen? Das sieht bestimmt richtig gut aus!

„Jule, Nino, kommt ihr?", ruft Papa.

Oh Mann, immer dieser Stress!

11:31 Uhr
„Hast du die Säge?"

„Ich dachte, du hast sie!"

Mama und Papa haben die Säge vergessen. Das ist jetzt nicht wahr!

Nachdem sie sich zehn Minuten lang gestritten haben, wer schuld ist, zeigt Opa auf ein Schild. „Warum leiht ihr euch nicht einfach eine?“

Man kann hier nämlich auch Sägen ausleihen.

Hätte er das nicht ein bisschen früher sagen können?!

11:50 Uhr

Wir streifen durch den Wald und halten Ausschau nach dem perfekten Baum: Nicht zu groß, nicht zu klein und „schön gerade gewachsen.“ (O-Ton Papa.)

Die Stimmen der anderen werden immer leiser, je weiter ich gehe. Um mich herum dunkelgrüne Nadeln, leises Rascheln, wenn ich einen Ast mit dem Ärmel streife, und dazu dieser Tannenduft ... Und dann stehe ich plötzlich vor ihm.

Ich weiß es einfach: Das ist unser Weihnachtsbaum!

„Kommt mal alle her!!!“

11:57 Uhr

Mama sägt, Papa trägt unseren Baum zum Auto – und Opa den für sich und Oma – und anschließend stehen wir alle bei den Holzbuden an einem Stehtisch und essen knusprige Kartoffelpuffer mit Apfelmus. Nino erzählt blöde Witze, mir fallen auch ein paar ein, und selbst die von Opa sind halbwegs witzig.

Zum Nachtisch holen Mama und Papa heiße Schmalzkuchen. Opa erzählt wie jedes Jahr, dass die in Lübeck, wo er herkommt, „Mutzen“ heißen, und dann angeln wir die Dinger mit klebrigen Puderzuckerfingern aus der Tüte. So lecker!

Doch ganz gut, dass ich heute mitgekommen bin.

WEIHNACHTSBÄUME SELBST SCHLAGEN IN UNSEREM WINTERWALD

Regional, nachhaltig und immer erntefrisch: Finden Sie in unserem Winterwald Ihren individuellen Weihnachtsbaum!

Die Suche nach dem Lieblingsbaum ist ein Abenteuer für die ganze Familie! Leuchtende Augen sind bei uns garantiert – denn wer mit „seinem" Baum aus dem Wald kommt, spürt mit jeder Faser: Nun ist das lang ersehnte Weihnachtsfest nicht mehr weit!

Preise ab **30 Euro**, Premiumtannen ab **50 Euro.**
(Keine EC-Zahlung, bitte Bargeld mitbringen!)

Mit Glühweinausschank und Schlemmermeile!
(Wertmarken am Eingang erhältlich).

Sägen können gegen Leihgebühr vor Ort geliehen werden.

Weihnachtsbaumzucht Fichtner
Weg zur Waldspitze 20
Unter-Schneehausen
www.weihnachtsbaum-fichtner.com

Dezember

12. Dezember, Montag

6:41 Uhr

Der Wecker klingelt, aber ich bin eh schon wach. Genauer gesagt: Ich war die halbe Nacht wach, weil mich irgendwas gepikst hat. Aber was … Oh nein! Krümel!!!

Ich hasse es, wenn Opa recht hat!

6:43 Uhr

Adventskalenderinhalt: Schokokringel mit ganz kleinen Zuckerperlen drauf. (Nicht im Bett essen!)

7:18 Uhr

Nach dem Bettabziehen, -ausschütteln und -wieder-neu-Beziehen schlüpfe ich in meine neue Jeans. Die sieht immer noch echt toll aus!

8:02 Uhr

Erste Stunde: Bio. Herr Schmidtbach trägt heute eine Krawatte mit Tannenbäumen drauf. Hat er öfter, so witzige Krawatten. Aber woran erinnert mich das Muster nur?

8:05 Uhr

Oh nein, jetzt weiß ich es! Mamas Schrottwichtel-Weihnachtsmann! Dessen Boxershorts hatte das gleiche Muster. Also, die Boxershorts mit der Beule vorne, wo der Weihnachtsmann seinen P… Nicht dran denken! Bloß nicht dran denken!

8:06 Uhr

Zu spät! Selbst die Krawatte vom Schmidtbach erinnert mich

plötzlich an einen Pimmel! Also, die Form ist natürlich anders, aber so, wie die da hängt ...

LALALA! Ich muss echt an was anderes denken!!!

8:08 Uhr

Oh Mann, so wird das nie was mit dem Nicht-dran-Denken!

Der Schmidtbach so: „Wie ihr ja bestimmt wisst, steht auf dem Lehrplan für nächstes Halbjahr Sexualkunde."

Und dann verteilt er HIER UND JETZT Arbeitsblätter zu dem Thema, um eine Lernstandskontrolle zu machen. Im Klartext: Er will checken, ob wir schon richtig aufgeklärt sind!!!

Lissy neben mir läuft knallrot an, und Jonathan kriegt einen Hustenanfall. Wir anderen starren einfach nur auf dieses Blatt mit den männlichen und weiblichen Geschlechtsorganen, die wir beschriften sollen. Und dann sagt Paul viel zu laut in die Stille: „Voll winzig, der Pimmel!"

„Das ist natürlich nicht der Originalmaßstab", erklärt der Schmidtbach.

„Maßstab?", fragt Paul. „Der nimmt einen Stab zum Messen?" Er hält sich sein Lineal vor die Hose, und plötzlich kreischen und johlen alle durcheinander.

8:25 Uhr

Ups! Ich habe auf den Arbeitsblattpimmel kleine Weihnachtsbäume gemalt.

9:35 Uhr

Große Pause. ENDLICH! Sina, Lissy und ich springen sofort auf. Schnell raus hier!

„Mann, war das peinlich", stöhnt Sina draußen.

„Aber echt!", sage ich.

Handgeletterte Weihnachtskarten

Eine selbst gestaltete Weihnachtskarte mit einer persönlichen Message ist besser als jedes gekaufte Geschenk!

HAND CRAFTED

Du brauchst:

Bleistift ♥ Papier ♥ Geodreieck ♥ Kohlepapier ♥ Gelstifte oder Metallicstifte ♥ Blankokarte

So geht es:

1. Miss das Format deiner Karte aus, und übertrag die Maße auf dein Skizzenpapier.

2. Jetzt zeichnest du dir mit Bleistift ein paar Hilfslinien vor, damit du später den Text schön mittig setzen kannst. Wichtig ist dabei vor allem eine senkrechte Mittellinie, an der du den Text ausrichten kannst. Die waagerechten (Zeilen-)Linien dürfen auch geschwungen sein.

3. Schreib jetzt deinen Text in schönen Buchstaben mit Bleistift. Plan auch Platz für Zierelemente oder eine Zeichnung ein. Besonders schön sieht Schrift aus, wenn du die Strichstärke deiner Buchstaben variierst. Einen Effekt, als hättest du mit einer Feder geschrieben, bekommst du, wenn du alle Abstriche der Buchstaben verstärkst – also kräftiger gestaltest (Faux Calligraphy).
Du kannst dir bei der Schrift auch von einem Handlettering Generator aus dem Internet helfen lassen – mit dem kannst du dir deine eigenen Texte lettern lassen und ausdrucken.

4. Wenn du mit deiner Skizze zufrieden bist, leg sie auf das Kohlepapier und beides auf deine Karte. Fahre jetzt die Schrift und die Zierelemente nach, und übertrag sie mit dem Kohlepapier auf deine Karte.

5. Dann kannst du mit verschiedenen Metallic- und Gelstiften die zarten Kohlelinien nachfahren.

TIPP

Dunkle Karten mit weißer, silberner oder goldener Schrift sehen sehr schön aus. Oder nimm die Weihnachtsfarben Rot und Grün zusammen mit Silber oder Gold. Weniger (Farbe) ist oft mehr!

„Themenwechsel?", fragt Lissy.

„Themenwechsel! Auf jeden Fall Themenwechsel!"

„Hast du denn inzwischen ein Wichtelgeschenk für Linus?", fragt Sina mich.

Ich schüttele den Kopf. Aber noch eine Beratung zu dem Thema von Sina muss echt nicht sein, deshalb frage ich schnell Lissy: „Und du, hast du Kiara schon getauscht gekriegt?"

„Nein. Ist aber nicht so schlimm." Sie sieht zu Kiara und den Jungs rüber, die gerade auf den Schulhof kommen, und dabei lächelt sie ganz komisch. Hä?

„Aber du willst Kiara doch loswerden, oder?"

„Klar! Klar!"

„Warum guckst du dann so da rüber?", fragt Sina.

„Mache ich doch gar nicht", behauptet Lissy. „Außerdem stehen da ja auch noch die anderen! Die Jungs und so."

„Welche Jungs?", frage ich. Bilal ist heute krank und Linus kann sie ja wohl nicht meinen. „Paul, oder wer?"

„Zum Beispiel …", sagt Lissy.

WAAAASSS?? Sina und ich sehen uns an.

„Paul?", fragt Sina. „Ernsthaft?"

„Oh Mann, ihr seid voll blöd!", ruft Lissy und stapft weg in Richtung Mädchenklo.

Sina zieht die Augenbrauen hoch. Ich auch. Lissy plus Paul? Die passen doch nun wirklich nicht zusammen!

14:15 Uhr

„Glaubst du, Lissy ist echt in Paul verliebt?", fragt Sina auf dem Nachhauseweg.

„Keine Ahnung", antworte ich. In der zweiten Pause haben wir versucht, sie noch mal zu fragen, aber Lissy hat schnell das Thema gewechselt. „Hoffentlich nicht!"

„Vielleicht ist das auch bloß, weil sie sich ausgeschlossen fühlt“, sagt Sina. „Wo ich jetzt Kilian habe und du bald Linus.“

„Quatsch! Sie hat sich doch nicht mit Absicht in Paul verliebt! Oder meinst du, sie tut bloß so?“

„Nee, dann wäre sie doch nicht weggerannt“, sagt Sina . Und dann muss sie an der Kreuzung abbiegen.

14:27 Uhr

Zu Hause werfe ich mich auf mein Bett. Ob Lissy sich echt mit Absicht in Paul verliebt hat? Geht das überhaupt, sich mit Absicht verlieben? Mal sehen, was mein Handy dazu sagt …

Aha: Da steht, man verliebt sich, weil im Körper bestimmte Hormone ausgeschüttet werden. Und das kann man doch gar nicht beeinflussen!

14:34 Uhr

Außer vielleicht, man hat Tabletten mit den Hormonen oder so was. Dann könnte man einfach eine davon einwerfen und – schwupp! – ist man verliebt. (Man muss nur aufpassen, dass man dabei vor dem richtigen Jungen steht!)

Oder noch besser: Dem Jungen (zum Beispiel Linus!) eine Tablette unterjubeln, und … Happy End!

Oh Mann, gibt es echt keine Verliebtheitstabletten?

15:03 Uhr

Mein Handy sagt: Nein. Und anscheinend ist es auch sau-gefährlich, einfach irgendwelche Hormone zu schlucken! Die beeinflussen nämlich so ziemlich alles im Körper. Und ich will Linus ja nicht krank machen!

Ich will bloß, dass er sich in mich verliebt.

(Bloß ist gut! Seufz.)

Marek
online

Heute

Hi Marek,
hast du vielleicht einen Tipp, was man einem Mädel beim Wichteln schenken kann? Und jetzt sag bloß nicht rosa Haarspangen oder so was!
Oh Mann, warum musste ich nur ein Mädchen ziehen?
Also, falls du 'ne Idee hast, immer her damit!
Linus

Nachricht

13. Dezember

13. Dezember, Dienstag

6:40 Uhr

Der Wecker klingelt, aber in meinem Körper sind noch viel zu viele Schlafhormone, um aufzustehen. Oder was auch immer das ist, das einen morgens so müde macht.

6:45 Uhr

Hab mich unter großer Anstrengung aus dem Bett gewälzt. Adventskalenderinhalt: ein Marshmallow-Schneemann – total süß! Apropos Schneemann: Ob es endlich mal geschneit hat?

Das wäre sooo schön!

6:48 Uhr

Jalousie ist oben. Es nieselt. So viel dazu.

7:24 Uhr

Frühstück mit Adventskranz, Weihnachtsmusik, warmem Tee und Marmeladentoast ... Es könnte so gemütlich sein! Wenn ich nicht gleich durch den Regen zur Schule latschen müsste.

„Es gibt kein schlechtes Wetter, sondern nur schlechte Kleidung“, behauptet Papa zum ungefähr tausendsten Mal in diesem Leben. Und es hat schon die anderen neunhundertneunundneunzig Male nicht gestimmt!

Ich meine, was soll ich mir denn anziehen? Einen Ganzkörper-Regenanzug mit Gesichtsvisier, oder was?

7:37 Uhr

Draußen fummele ich die Kapuze über meine Haare. Ist zwar uncool, aber nasse Haare ja irgendwie auch. Ich muss nur daran denken, das Teil rechtzeitig vor der Schule wieder abzunehmen.

7:48 Uhr

Sina behauptet, zum Verlieben braucht man gar keine Hormone.

„Schon mal was von Aphrodisiakum gehört?"

„Afro-was?", frage ich.

„Nicht Afro, das ist die Frisur von Tilda. Aphrodisiakum."

„Und was soll das sein?"

„So Zeug, das dafür sorgt, dass Linus sich in dich verliebt."

„Also doch Hormone!"

„Nein, Aphrodisiakum ist was zum Essen, Gewürze oder so was. Glaube ich jedenfalls."

„Du verarschst mich doch!"

„Nein, ernsthaft", behauptet Sina.

Dann können wir leider nicht mehr weiterreden, weil wir bei der Schule angekommen sind.

7:51 Uhr

Was das wohl für Gewürze sind? So was wie Pfeffer und Salz bestimmt nicht, sonst würden sich ja alle ständig verlieben!

Plötzlich versperren uns Charlotte und Alina den Weg. „Karneval ist erst nächstes Jahr, Jule!"

„Äh … ja, und?"

„Na, weil du rumläufst wie ein Gartenzwerg!" Alina zeigt auf meine Kapuze und die beiden fangen meckernd an zu lachen.

„Ihr seid so blöd", murmele ich und reiße mir die Kapuze vom Kopf.

„Auch nicht besser", sagt Charlotte grinsend.

Sina geht einen Schritt auf sie zu, obwohl Charlotte einen halben Kopf größer ist als sie. „Verzieht euch!"

Heiße Weihnachtsschokolade

mit Marshmallows

Rezept für 2 große Tassen

Du brauchst:

Für das Schokoladenpulver:

½ Tafel Zartbitterschokolade ♥ 2 EL Backkakao ♥ ½ TL Zimt oder Lebkuchengewürz ♥ 2 TL braunen Zucker

Außerdem:

½ l Milch ♥ 4 EL Mini-Marshmallows

So geht es:

1. Hack die Schokolade sehr klein. Vermisch Schokolade, Kakao, Gewürz und Zucker.

2. Verteil die Mischung auf zwei große Tassen.

3. Jetzt erhitz die Milch, und gib sie auf das Pulver – dann rühre gut um, bis die Schokoladenstückchen geschmolzen sind.

4. Nun verzierst du jede Tasse mit zwei EL Mini-Marshmallows.

5. **Mmmmhhhh…**

TIPP

Die Weihnachtsschokolade ist auch ein tolles Geschenk!

Füll das Schokoladenpulver in ein hübsches Glas, und gib die Marshmallows obendrauf. Gestalte ein Etikett, und schreib eine Anleitung, wie die Schokolade zubereitet wird.

„Bleib mal locker! Wir wollen sowieso zu den Jungs."

Damit dackeln die beiden davon.

„Sieht es echt so schlimm aus?", frage ich Sina und versuche, meine Haare mit den Fingern zu kämmen.

Statt einer Antwort macht sie ein Handyfoto von mir.

Oh nein! Ich flitze schnell zum Mädchenklo.

9:37 Uhr

Große Pause. Schon wieder Mädchenklo. Aber dieses Mal nicht zum Styling, sondern zur Recherche mit Lissy und Sina.

Charlotte und Alina benutzen ihre Handys zwar ständig auf dem Schulhof, aber wenn das ein Lehrer sieht, wird das Teil einkassiert. Und bei meinem Glück ...

„Hab ich das richtig verstanden?", fragt Lissy. „Wir suchen nach Liebesgewürzen?"

„Stichwort: Aphrodisiakum", sagt Sina.

„Und das funktioniert?" Lissy runzelt die Stirn. „Was sollen das überhaupt für Gewürze sein?"

„Das wollen wir ja gerade rausfinden!"

9:41 Uhr

Von wegen Gewürze! Bei Aphrodisiakum steht was von Kaviar, Austern und Froschschenkeln. Na lecker! (NICHT!!!) Und die armen Frösche!

„Guck mal hier, du kannst auch Erdbeeren nehmen", sagt Lissy.

Sina zieht die Augenbrauen hoch. „Im Dezember?"

„Und was ist überhaupt eine Libido?", frage ich, denn von Verlieben steht in dem Artikel gar nichts. Sondern nur, dass durch ein Aphrodisiakum die Libido gesteigert wird.

„Such mal danach", sagt Sina.

Und dann rufen wir alle gleichzeitig: „Scheiße!" Denn Libido bedeutet „sexuelles Verlangen".

9:44 Uhr

Lissy grinst. „Dann bist du ja bald keine Jungfrau mehr, Jule!"

„Aber ich will doch noch gar keinen Sex", stammele ich.

„Das ist doch auch Quatsch", behauptet Sina. „Guck mal, hier steht, Zimt ist auch ein Aphrodisiakum. Hast du noch nie Zimtsterne gegessen?"

„Doch. Klar! Also funktioniert das gar nicht, oder was?"

„Die Dosis macht das Gift", behauptet Sina. (Das sagt unser Chemielehrer auch immer.) „Du musst einfach GANZ VIEL Zimt in die Sterne backen! Also, nicht so viel, dass Linus dir die Klamotten runterreißt, aber genug, damit er dich küsst."

„Und die Zimtsterne schenkst du ihm dann beim Wichteln", ergänzt Lissy. „Das ist doch ein genialer Weihnachtsliebesplan!"

„Ich weiß nicht ...", murmele ich. Ob das funktioniert? Obwohl: Falls nicht, dann kriegt Linus eben beim Wichteln einfach Plätzchen von mir. Nicht das schlechteste Geschenk!

Und im besten Fall wird es so wie in meinem Traum ...

„Und ihr seid euch sicher, dass das mit dem Sex Quatsch ist?", frage ich.

„Klar!", sagt Sina.

Lissy grinst bloß.

„Na gut", sage ich. „Ich mache es!"

Was habe ich schon zu verlieren?

ALL YOU NEED TO KNOW
Dein Onlinelexikon

Aph • ro • di • si • a • kum, das

(Plural *Aphrodisiaka*, Adjektiv *aphrodisisch*)
Ein Mittel, das die Libido steigert. Der Name ist von Aphrodite, der griechischen Göttin der Liebe, abgeleitet.

Li • bi • do, die

(lateinisch *libido*: „Begehren, Begierde")
bezeichnet das sexuelle Verlangen beziehungsweise den Geschlechtstrieb eines Individuums.

14.

Dezember

14. Dezember, Mittwoch

6:44 Uhr

Adventskalenderinhalt: Karamellbonbons

Nicht weihnachtlich, aber lecker!

7:27 Uhr

„Mama, kann ich heute Nachmittag mit Sina und Lissy bei uns Weihnachtsplätzchen backen?"

„Kein Problem", sagt Mama. „Ich muss eh mit Nino zum Frisör."

„Ich geh nicht zum Frisör", sagt Nino. „Ich will lieber mit Jule Plätzchen backen!"

WAAAS?

„Wir gehen zum Friseur. Der Termin ist lange abgemacht", antwortet Mama, und Nino bricht in lautes Sirenengeheul aus. Bestimmt klingelt es gleich an der Tür, weil jemand denkt, es brennt bei uns oder so was.

„Vielleicht kannst du ja danach noch mitbacken", sagt Papa.

„Nein!", rufe ich. Wir lassen Nino ganz bestimmt nicht mit uns Aphrokekse backen! Da halte ich mir lieber das ganze Frühstück lang die Ohren zu.

9:38 Uhr

In der Pause hat Linus wieder nur Augen für Kiara, in meine Richtung guckt er kein einziges Mal. Also alles wie immer. Aber ich würde an seiner Stelle auch nicht zu dem Mädchen rübersehen, das ihn so blamiert hat! Stichwort: Nikolaus. Und Stichwort: alles andere! Seufz.

Gut, dass ich den Plan mit den Plätzchen habe!

11:29 Uhr

Zweite Pause: dasselbe. Doppelseufz!

14:28 Uhr

Sina und Lissy kommen gleich nach der Schule mit zu mir. Aber vor den Plätzchen backen wir erst mal was anderes. Nämlich Pizza!

Also, den Teig machen wir natürlich nicht selbst, das würde ja viel zu lange dauern. Aber wir belegen ihn fett mit lauter tollen Sachen. Und obendrauf streuen wir ganz viel Käse.

15:53 Uhr

Nachdem wir die Pizza (lecker!) gegessen und die Hausaufgaben (öde!) gemacht haben, können wir endlich mit den Zimtsternen anfangen.

Sina wiegt die Zutaten ab, ich schütte sie in die Schüssel und Lissy rührt alles zusammen. Haselnüsse, Puderzucker, Eiweiß (Lissy kann total gut Eier trennen) und dann …

„Wie viel Zimt?“, frage ich. „Im Rezept steht: ein Teelöffel.“

Sina grinst. „Zum Verlieben muss da viel mehr rein!

„Aber nicht in alle“, wirft Lissy ein. „Wir sollten auch ein paar normale Zimtsterne machen. Für uns. Oder nicht?“

„Gute Idee!“ Ich hole die Hälfte des Teigs aus der Schüssel und gebe in die restliche Hälfte einen zweiten Teelöffel Zimt.

„Mehr!“, ruft Sina.

„Meinst du?“, frage ich unsicher. Nicht, dass Linus sich am Ende doch noch auf mich stürzt!

Sina grinst. „Klar!“

Aber sie ist ja auch nicht die, die es dann trifft …

„Lasst uns lieber erst mal probieren“, schlägt Lissy vor.

„Wieso? Willst du dich etwa in uns verlieben?“

Jules Zimtsterne

Du brauchst:

500 g Mehl ♥ 1 TL Backpulver ♥ 500 g Butter ♥ 100 g geriebene Haselnüsse ♥ 500 g Zucker ♥ 1 Prise Salz ♥ 1 reichlichen TL Zimt ♥ 1 Ei

Für den Guss:

250 g Puderzucker ♥ 1 Orange ♥ 1 Prise Zimt ♥ gehackte Haselnüsse zum Bestreuen

Außerdem:

Nudelholz ♥ Stern-Ausstecher ♥ Bleche und Backpapier

So geht es:

1. Sieb das Mehl in eine große Schüssel, und verrühr es mit dem Backpulver.

2. Schneid die Butter in Flöckchen, und gib sie auf das Mehl.

3. Füg alle weiteren Zutaten dazu.

4. Knet alles mit der Hand gründlich zu einem geschmeidigen Teig.

5. Pack den Teig in Frischhaltefolie, und gib ihn für mindestens eine Stunde in den Kühlschrank.

6. Heiz den Ofen auf 160 °C (Heißluft) oder 180 °C (Ober- und Unterhitze).

7. Bemehl deine Arbeitsfläche, schneid ein Stück Teig ab, und roll den Teig etwa einen halben Zentimeter dick aus.

8. Stich Sterne aus, und leg sie auf ein mit Backpapier ausgelegtes Backblech.

9. Back die Sterne zartgolden (ca. 8–10 Minuten). Wenn du mit Umluft bäckst, kannst du mehrere Bleche gleichzeitig in den Ofen schieben.

10. Lass die Sterne vorsichtig auf einem Kuchenrost auskühlen. Achtung beim Herunternehmen vom Blech – heiß sind sie sehr zerbrechlich.

11. Wenn sie erkaltet sind, siebst du den Puderzucker für den Guss und streust den Zimt dazu.

12. Press eine Orange aus, und gib langsam, am Schluss tröpfchenweise, den Saft zum Zimt-Puderzucker, du brauchst nur wenig. Wenn der Guss zu flüssig wird, gib mehr Puderzucker hinein – ist er zu fest, fehlt Saft.

13. Bestreich die Sterne mit dem Puderzucker (mit einem Messer oder einem Backpinsel), und bestreu sie mit den gehackten Haselnüssen.

14. Überleg dir gut, an wen du die Zimtsterne verschenkst! 😉

„Nein! Quatsch! Aber wenn es zu viel ist und nicht schmeckt, isst Linus die Plätzchen doch nicht."

Ich gucke auf die Nuss-Zucker-Eiweißmasse. „Ich glaube, ich will das nicht probieren."

„Steht das nicht irgendwo im Internet?", fragt Sina. „Also, wie viel Zimt man essen muss, damit es wirkt?"

Wir greifen nach unseren Handys.

16:05 Uhr

Plötzlich lässt Sina ihr Handy sinken. „Welchen Zimt hast du eigentlich gekauft, Jule?"

„Ceylon-Zimt. Wieso?"

„Gut! Es gibt nämlich auch noch Cassia-Zimt, und hier steht, der ist in großen Mengen gesundheitsschädlich."

PUH!!! Gut, dass wir die richtige Sorte haben!!!

Wir googeln weiter, aber nirgendwo steht so was wie: „Geben Sie vier Löffel Zimt in den Teig, und Ihr Schwarm verliebt sich in Sie." Ich seufze.

„Drei Löffel reichen bestimmt", meint Lissy. „Das ist doch viel mehr als normal! Und das im halben Teig!"

„Okay. Soll ich den Teig dann ausrollen?" Ich greife nach der Teigrolle, und Sina und Lissy schnappen sich schon mal die Ausstechförmchen.

17:48 Uhr

Die Zimtsterne (Sina und Lissy nennen sie nur noch „Liebesplätzchen") sind fertig.

Nach dem Backen und Abkühlen bestreichen wir sie mit Zuckerguss, und als Deko kommen noch gehackte Haselnüsse obendrauf. Das sieht so schön aus!

Und was noch wichtiger ist: Die Dinger sind superlecker!

Wobei wir von den Liebesplätzchen jede nur eine kleine Zacke probieren. Ganz im Gegensatz zu den anderen …

„Wir hätten vielleicht doch mehr normale machen sollen“, sage ich. „Die sind schon fast alle! Und für Linus habe ich jetzt viel zu viele.“

„Kein Problem“ sagt Lissy. „Ich kann ein paar mitnehmen.“

„Ach ja?“, fragt Sina. „Und für wen?“

„Für niemanden! Aber wenn ich jeden Tag nur ein Drittel von einem Liebesplätzchen esse, müsste es doch wieder normal sein. Oder nein, ein Sechstel. Oder ein Fünftel?“

„Du bist hier das Mathe-Ass“, antwortet Sina.

„Sind die für Paul?“, frage ich düster.

„Nein! Quatsch! Wieso denn Paul?“ Aber dabei werden Lissys Wangen so rot wie der Mantel des Weihnachtsmanns.

18:35 Uhr

Sina und Lissy sind weg. Wir haben Lissy noch eine ganze Weile gelöchert, aber sie hat weiter behauptet, die Zimtsterne seien nicht für Paul. Nur für WEN sie sind, will sie auch nicht sagen.

Oh Mann, für den Idioten habe ich die echt nicht gebacken!

18:36 Uhr

Sondern für Linus, den süßesten Jungen der Klasse!

Ob das echt funktioniert mit dem Reinbeißen-und-sich-Verlieben? Und ob sich unsere Blicke dann wirklich treffen, über alle Köpfe hinweg, wie in meinem Traum? Und dann kommt er zu mir, und dann … Schon bei dem Gedanken daran kribbelt es wieder in meinem Bauch wie auf der schnellsten Achterbahn.

Das wäre sooo schön!!!

Hausaufgaben von Kiara Schönblum

Mittwoch, 14. Dezember

Mathe: Buch Seite 83, Nr. 5-7c

Englisch: Text zum Thema: What do you love?

Wieso denn what? WHO ist doch viel spannender!

(Als ob ich das jemals als Hausaufgabe schreiben würde!!!)

K+L

15
Dezember

15. Dezember, Donnerstag

6:41 Uhr

Adventskalenderinhalt: ein Schoko-Wichtel.

9:39 Uhr

In der Pause erzählt Melinda heute irgendwas von einer Aktion im Spielwarenladen ihrer Eltern. Da gibt es einen Weihnachtsbaum, an den Kinder aus armen Familien ihre Wunschzettel gehängt haben, und die Kunden können die Sachen jetzt für sie kaufen.

„Clever! Und deine Eltern verdienen das Geld“, meint Tilda.

„Gar nicht! Der Gewinn geht an eine Kinderstiftung.“

„Cool“, sagen Lissy und Sina gleichzeitig, und ich nicke dazu. Aber ehrlich gesagt höre ich nur mit einem halben Ohr hin. Stattdessen beobachte ich Linus und Kiara. Noch fünf Tage, bis ich Linus beim Wichteln die Liebesplätzchen schenke! Das heißt: Noch fünf Tage, in denen Kiara sich an Linus ranschmeißen kann. Seufz!

9:46 Uhr

„Super, Jule, dann kommst du also heute helfen?“, fragt Melinda.

„Was?“ Das Nicken-ohne-Zuhören war wohl doch keine so gute Idee. „Helfen? Wobei?“

„Na, in unserem Laden! Wunschbaumgeschenke einpacken für Kinder aus armen Familien. Unser Mitarbeiter ist krank, das hab ich doch eben erzählt.“

„Ähm … Kommt ihr auch?“, frage ich die anderen.

„Ich treffe mich heute mit Kilian“, sagt Sina. „Hab ich doch eben gesagt. Oh Mann, du starrst echt nur zu Linus!“

„Gar nicht!“

„Ich hab Sport“, sagt Tilda. „Hab ich auch schon gesagt.“

„Und ich Malkurs.“ Lissy grinst. „Hab ich auch eben ...“

„Ist ja gut!“, rufe ich.

„Also dann heute Nachmittag um drei?“, fragt Melinda.

„Ja, okay. Meinetwegen.“

15:42 Uhr

Im Spielwarenladen. Erst hatte ich gar keine Lust, aber Melinda hat mir ein paar Tricks gezeigt, mit denen die Geschenke total genial aussehen. Und jetzt macht mir das Einpacken richtig Spaß! Aber das Beste war der kleine Junge, der vorhin hier war. Der flitzte zum Baum, drehte einen Zettel nach dem anderen um und rief dann ganz aufgeregt: Mama, mein Zettel ist schon weg! Und dabei hat er total gestrahlt.

16:24 Uhr

Da vorne kommen Mama und Nino. Mama findet es „richtig toll“, dass ich hier helfe. Was sie mir vorhin schon ungefähr zehnmal am Telefon gesagt hat.

„Hallo, Jule! Toll, dass du hier mithilfst!“ (Und das elfte Mal.)

Auf einmal steht Melinda neben uns, und dann kommt auch noch Melindas Vater dazu, und Mama textet die beiden natürlich auch sofort damit voll, wie super sie die Aktion findet. Währenddessen schnappt sich Nino einen Aufziehweihnachtsmann aus einem Ständer.

„Nino!“ Mama nimmt ihm das Teil aus der Hand.

„Ach, lassen Sie ihn doch“, sagt Melindas Vater. „Den schenke ich dir, junger Mann.“ (Junger Mann!!!)

„Danke!“ Nino strahlt.

„Und du kriegst auch einen, Jule.“

Geschenke

schön und nachhaltig verpacken

Vorher einen gemütlichen Waldspaziergang einplanen!

Du brauchst:

Packpapier (gerne gebrauchtes) ♥ Paketband ♥ Zweige von Nadelbäumen, Zapfen, Bucheckern usw. (im Wald sammeln!) ♥ Zimtstangen, Sternanis usw. (in eurem Gewürzregal stöbern) ♥ Orangen ♥ Küchenpapier

Außerdem:

Für das Trocknen der Orangenscheiben viel Zeit (5 – 10 Tage)!

So geht es:

So trocknest du die Deko-Orangenscheiben:

1. Schneid die Orangen in 1 bis 2 Zentimeter dicke Scheiben – je dünner sie sind, desto schneller trocknen sie. Allerdings bleiben dickere Scheiben oft besser in Form.

2. Trockne die Scheiben vor, indem du sie vorsichtig zwischen Küchenpapier drückst. Achtung – möglichst nicht die Fruchtkammern beschädigen!

3. Leg die Scheiben nun auf ein frisches Küchenpapier und dann auf die Heizung oder an einen sonnigen Ort.

4. Wende die Orangenscheiben täglich, damit sich kein Schimmel bildet und damit sie sich nicht wellen.

5. Je nach Dicke sind die Orangenscheiben nach 5 bis 10 Tagen trocken.

So verpackst du deine Geschenke:
Schneid gebrauchtes Packpapier so zurecht, dass die Knicke und Falten dich nicht stören.

6. Pack die Geschenke ein – wenn du geschickt bist, schaffst du es umweltfreundlich ohne Klebefilm und verschnürst die Päckchen nur mit dem Paketband.

7. Jetzt dekorierst du mit allem, was du gesammelt, gefunden oder getrocknet hast. Dafür steckst du die Zweige, Zimtstangen und Orangenscheiben unter das Paketband.

8. Größere Geschenke kannst du gut verzieren, indem du Zapfen und kleine Zweige mit einem Anhänger aus Paketband versiehst und sie dann herunterhängen lässt.

TIPP

Wenn du kein gebrauchtes Packpapier hast, nimm doch Zeitungspapier!

Ein Kinderspielzeug, na super! Aber er meint es ja nett, also sage ich auch bloß „Danke".

16:28 Uhr

Die Erwachsenen quatschen immer noch, also lassen Nino und ich unsere Aufzieh-Weihnachtsmänner über den Tisch laufen. Irgendwie doch ganz witzig, die Teile.

„Hi, Jule!", sagt da plötzlich eine Stimme neben mir. Eine Jungsstimme. Ich drehe mich um, und mein Herz bleibt fast stehen. Vor mir steht ... Linus!

„Arbeitest du hier?", fragt er.

„Ähm, nein ...", stammele ich. „Ich helfe nur bei der Weihnachtsaktion ..."

„Cool!"

Wow, er findet mich cool!!! Oder wenigstens die Tatsache, dass ich hier helfe! Oder etwa doch nur die Aktion selbst?

In dem Moment taucht Nino mit Mama bei uns auf. Mama sieht Linus neugierig an. Und Nino kräht: „Hallo, Linus!"

Müssen die nicht noch woanders hin?

„Hi, Nino", antwortet Linus.

„Das ist der große Bruder von Emil", erklärt Nino für Mama.

„Nett, Sie kennenzulernen", sagt Mama. (Sie siezt ihn! SIE SIEZT IHN!!!)

„Willst du auch ein Geschenk für ein armes Kind kaufen?", fragt Nino.

„Nein", sagt Linus. „Das haben wir schon gemacht, Emil und ich. Machen wir jedes Jahr. Richtig gute Sache, das!"

Er lächelt mich an, und seine blauen Augen leuchten.

„Ja, finde ich auch", hauche ich. Mein Herz klopft plötzlich doppelt so schnell wie sonst. Der Trubel um uns herum verblasst, und es gibt nur noch ihn und mich ...

„Ich wünsche mir die Playmobil-Ritter", kräht in dem Moment Nino von schräg unten.

DANKE, NINO!!! „Komm, Nino, wir gehen zu den Rittern", sagt Mama und schleift ihn weg, aber der Moment ist trotzdem vorbei.

„Kann man den aufziehen?", fragt Linus und zeigt auf den Weihnachtsmann in meiner Hand.

„Ähm ... ja." Ich lasse ihn ein Stück auf dem Tisch laufen.

„Witzig", sagt Linus.

„Finde ich auch."

Wir sehen uns wieder an. Eine halbe Ewigkeit lang.

„Ich muss dann mal los", sagt Linus irgendwann.

„Ja. Klar."

„Man sieht sich."

„Ja. Klar!" Warum sage ich eigentlich immer „Ja, klar"?

„Man sieht sich!", rufe ich Linus hinterher. Aber wahrscheinlich hört er das nicht mehr, jedenfalls dreht er sich nicht mehr nach mir um.

16:42 Uhr

Er will mich wiedersehen! Ich weiß, wir sehen uns eh in der Schule. Aber er hätte das mit dem Wiedersehen ja nicht so zu betonen brauchen, oder? Das hat doch was zu bedeuten! ODER?

17:21 Uhr

Sina und Lissy meinen auch, es hat was zu bedeuten.

Sina schreibt: Go, Jule, go!!!

Und Lissy das hier: 😍😍😍

17:23 Uhr

ER WILL MICH WIEDERSEHEN!!! 😳🤩😍🥰

Wunschbaumaktion gestartet

Auch in diesem Jahr findet wieder eine Wunschbaumaktion im Geschäft der Familie Kingston in der Neuen Straße statt. Denn leider liegt nicht bei allen Kindern und Jugendlichen unserer Stadt ein Geschenk unter dem Weihnachtsbaum!
Die Gründe hierfür sind ganz verschieden: Sei es, weil ein Elternteil krank oder arbeitslos ist, oder weil die Familie geflüchtet ist.
Vom 1. bis zum 23. Dezember können deshalb Kunden des Spielzeugladens Kingston Kindern und Jugendlichen einen Weihnachtswunsch erfüllen – vom Teddy bis zur Handyhülle ist alles dabei.

Wie es funktioniert:
Am Wunschbaum hängen die Wunschzettel. Die Kunden kaufen die Geschenke im Laden, und diese werden direkt vor Ort von den Mitarbeiter*innen eingepackt.

Der Erlös aus dem Verkauf der Spielwaren wird an eine Kinderhilfsorganisation gespendet.

16. Dezember

16. Dezember, Freitag

6:40 Uhr

Ich hab die ganze Nacht von Linus geträumt.

Gleich sehe ich ihn wieder!!!

6:41 Uhr

Adventskalenderinhalt: Mini-Handcreme mit Apfel-Zimt-Duft.

6:53 Uhr

„Mama! Hast du die neue Jeans gewaschen?“ Wehe, sie sagt nein!

6:57 Uhr

Am Bund ist die Jeans zwar noch feucht, aber ich rupfte sie trotzdem vom Wäscheständer. Bis nachher ist das getrocknet!

7:05 Uhr

Was soll ich bloß gleich zu Linus sagen? Irgendwas über gestern, vielleicht „Schön, dich wiederzusehen“? NEIN! Das ist doch voll bescheuert! Hoffentlich sagt er was zu mir …

13:32 Uhr

Er hat nichts gesagt. Den ganzen Vormittag lang nicht. Das heißt, mit Paul und Bilal hat er jede Menge geredet, und mit Kiara natürlich auch. (Würg!)

Nur mit mir nicht.

ABER: Dafür haben wir uns dreimal angelächelt! Viermal, wenn man das Mal mitzählt, als Bilal in Mathe behauptet hat, er ist gegen Kreise allergisch. Von wegen: „Die sind doch echt unheimlich, kein Anfang und kein Ende und so …“

Dabei hatte er bloß seinen Zirkel zu Hause vergessen!

Da hat natürlich die ganze Klasse gelacht, aber Linus hat dabei in meine Richtung geguckt.

Viermal Lächeln! Das heißt doch was!!! (Aber was bloß genau?)

15:03 Uhr

In der Stadt. Ich muss dringend Geschenke kaufen! Und die Playmobil-Ritter, die Nino sich wünscht, gibt es rein zufällig in dem Geschäft von Melindas Eltern. Also gehe ich da als Erstes hin, ist ja klar. (Und das hat überhaupt nichts damit zu tun, dass Linus vielleicht heute wieder dort sein könnte ...)

15:33 Uhr

Da vorne steht der Wunschbaum, daneben der Tisch zum Geschenkeeinpacken und dahinter, mit dem Rücken zu mir, tatsächlich ein Junge! Ganz ruhig, Jule, das heißt nicht, dass es Linus ist.

Jetzt dreht er sich um ... ER IST ES!!! Aber er hat mich noch nicht gesehen. Wie durch Watte gehe ich zu ihm hin.

15:35 Uhr

Ich stehe direkt vor ihm, aber Linus bemerkt mich immer noch nicht. Er packt gerade ein Geschenk ein, einen Puppenfrisierkopf. Jetzt reißt er den letzten Tesastreifen ab ...

„Hi, Jule!“ Seine Stimme klingt heiser. „Was machst du denn hier?“

„Hi, Linus!“ Ich bin genauso heiser. „Ähm ... Ich kaufe ein Geschenk für Nino. Playmobil. Und du hilfst hier heute?“

Jetzt lächelt er. Er lächelt mich an!

„Ja. Ich hab Melinda gefragt, ob sie noch Hilfe brauchen.“

„Cool!“

Weihnachtsbaumanhänger

»Verliebte Herzen«

Toll als Weihnachtgeschenk für deine beste Freundin!

Du brauchst:

Stoffreste ♥ Papier für eine Schablone ♥ Papierschere ♥ Zickzackschere ♥ Geschenkband (für den Aufhänger) ♥ Bastelwatte ♥ eine Nähmaschine (wenn du keine hast: Nadel und Faden)

So geht es:

1. Zeichne dir auf dem Papier eine Herz-Schablone und schneid sie mit der Papierschere aus.

2. Leg einen Stoffrest doppelt, steck die Schablone mit Stecknadeln darauf und schneid mit einer Zickzackschere den Stoff doppelt in Herzform aus.

3. Leg den Stoff links auf links. Schneid von dem Geschenkband ca. 10 – 15 cm ab und form einen Aufhänger. Die Schlaufenenden steckst du zwischen die Stoffherzen und befestigst sie mit einer Stecknadel, sodass sie nicht wieder herausrutschen.

4. Jetzt nähst du mit einer Nähmaschine mit dem Abstand von ca. 1 cm einmal am Rand deiner zwei Stoffherzen entlang. Dabei nähst du den Aufhänger fest. Lass unten ein ca. 2 cm großes Loch, damit du das Herz noch mit Watte füllen kannst.

5. Füll das Herz mit Watte – nimm dir einen Stift oder eine Häkelnadel zur Hilfe. Am Schluss nähst du das letzte fehlende Stück mit der Nähmaschine zu. Fertig ist dein Weihnachtsbaumanhänger.

TIPP

Mach Herzen aus verschiedenen Stoffen und in verschiedenen Größen. Und probier auch mal einen Stern oder einen Tannenbaum!

„Ja."

Das Lächeln friert langsam auf meinen Lippen ein. Ich muss was sagen! Aber was?

Plötzlich steht Melinda neben mir. „Jule, gut, dass du da bist! Wir können heute jede Hilfe brauchen! Ich muss an der Kasse helfen, und Linus ist alleine am Geschenketisch."

„Hi! Ähm ... Ich wollte eigentlich gar nicht ...", fange ich an. BIN ICH BESCHEUERT? ICH KÖNNTE MIT LINUS GESCHENKE EINPACKEN!!! „Ich meine ..., ja, klar helfe ich!"

15:42 Uhr

Ich habe meine Sachen nach hinten gebracht, und jetzt stehe ich am Geschenketresen neben Linus. So dicht, dass ich ihn fast spüren kann. Wir reden nicht viel, aber wir sehen uns immer wieder an. Manchmal greifen wir gleichzeitig nach dem Tesa-Abroller, und wenn sich dabei unsere Hände berühren, fährt jedes Mal ein heißer Blitz durch meinen Körper.

18:09 Uhr

Linus und ich bringen zum ungefähr dreihundertsten Mal einen Rollwagen voll eingepackter Geschenke nach hinten.

„Echt toll", sagt er. „So viele Kinder, die sich freuen!"

„Ja, richtig gut."

„Früher war ich auch mal einer von denen", sagt er leise.

„Wie? Echt? Aber das ist doch nur für arme Kinder!"

„Ja und?" Plötzlich ist sein Lächeln verschwunden. Mist! Warum hab ich das nur gesagt? Ich weiß doch gar nicht, wie arm oder reich Linus ist! Ich dachte halt ... Nein, eigentlich habe ich gar nicht nachgedacht.

„Du hattest echt hier so einen Zettel?", frage ich vorsichtig.

„Nicht hier. In unserer alten Stadt. Nachdem meine Eltern

sich getrennt hatten. Direkt danach hat Ma auch noch ihre Arbeit verloren … Ich glaube, ich hab mich nie wieder so über ein Geschenk gefreut wie über den Bagger damals."

„Krass", sage ich. „Aber … hat deine Ma denn jetzt wieder Arbeit?"

„Ja. Sie war nur ungefähr ein halbes Jahr arbeitslos. Inzwischen leitet sie die sogar die Sparkasse." Er lächelt mich an, dann wird er wieder ernst. „Aber es gibt ja viele, die nicht so ein Glück haben."

„Stimmt", sage ich.

18:12 Uhr

Mitten in unser Schweigen platzt Melinda mit ihrem Vater. „Super, dass ihr heute gekommen seid!"

„Ihr wart wirklich eine große Hilfe." Melindas Vater überreicht jedem von uns Weihnachtstee und ein Tütchen mit Weihnachtspralinen. „Als kleines Dankeschön!"

„Sollen wir morgen wiederkommen?", frage ich.

„Nein, morgen helfen schon Sina und Lissy", sagt Melinda.

Fast hätte ich „schade" gesagt, aber ich beiße mir gerade noch rechtzeitig auf die Zunge.

18:17 Uhr

Viel zu schnell stehen wir draußen vorm Eingang.

„Ich muss da lang …" Ich zeige nach links.

„Und ich da." Er zeigt nach rechts.

Schade! Ich hatte so gehofft, wir könnten noch ein Stück zusammen gehen!

„Ciao, Jule!"

„Ciao!"

Ich sehe ihm nach, bis er um die Ecke verschwunden ist.

Und dann noch ein bisschen länger.

Marek
online

Heute

Hi Marek,
gestern war ich in der Stadt, im Spielzeugladen, von wegen Geschenk für Emil besorgen und so. Und da hab ich ein Mädel aus meiner Klasse getroffen. Die hat da geholfen, bei der Wunschbaumaktion. Voll gut, dass die das macht!
Die ist sowieso ganz okay.
Ich hab mich dann freiwillig für heute zum Helfen gemeldet. Sie war auch wieder da. Und ich hab ihr voll viel erzählt, von früher und von Ma und alles.
Oh Mann, hoffentlich war das kein Fehler!
Ich meine, ist ja nicht gerade cool, das Ganze …
Paul und Bilal wären da garantiert anders rangegangen.
Ich hoffe echt, sie steht nicht nur auf coole Typen!
Meinst du, ich soll mich am Wochenende mal bei ihr melden?
Oder ist das auch wieder zu uncool?
Linus

Nachricht

17.
Dezember

17. Dezember, Samstag

8.23 Uhr

Das Schönste am Wochenende: Kein Wecker! Stattdessen kann ich stundenlang im Bett liegen bleiben und von Linus träumen. Von seinen blauen Augen ... wie er mich angelächelt hat ... und wie sich unsere Hände berührt haben! Wenn ich daran denke, kribbelt es schon wieder total in meinem Bauch.

Ich glaube, die Liebesplätzchen brauche ich gar nicht mehr! Ob er sich heute bei mir meldet?

8:42 Uhr

Adventskalenderinhalt: eine Fruchtgummi-Sternschnuppe. Ob man sich mit der auch was wünschen kann? Zum Beispiel eine Nachricht von Linus?!

Meine Nummer hat er ja aus der Klassengruppe.

9:01 Uhr

Bisher keine Nachricht von Linus. Schade!

9:12 Uhr

Mama singt mal wieder laut und ziemlich falsch „Last Christmas" in der Küche. Eigentlich ein Grund, da nicht reinzugehen, aber ich bin echt hungrig.

„Muss das sein?", stöhne ich und lasse mich auf einen Küchenstuhl plumpsen.

„Ja, das muss sein. Das erinnert mich daran, als ich das erste Mal verliebt war!"

„Ja ja, schon klar. In Papa. Wieso ist der eigentlich noch nicht mit den Brötchen hier?"

„Ähm …“ Wird Mama etwa gerade rot? „Nein. Nicht in Papa. Deck doch schon mal den Tisch, bitte.“

Ich hole Teller aus dem Schrank und verteile sie auf unseren Plätzen. „In wen denn dann?“

„Na ja, Papa und ich haben uns ja erst mit Mitte zwanzig kennengelernt. Und natürlich war ich vorher auch schon mal verliebt …“

Mama und ein anderer Mann? Das kann ich mir echt nicht vorstellen! Oder war es ein anderer Junge?

„Wie alt warst du denn da?“

„Fünfzehn.“

„Und woher kanntest du ihn?“

„Aus meiner Klasse. Er hieß Jan. Ich war eine halbe Ewigkeit lang in ihn verliebt … Na ja! … Und dann waren wir an einem Adventswochenende auf einer Party, und da lief dieses Lied, und er hat mich gefragt, ob wir tanzen wollen.“

„Und hast du mit ihm getanzt?“

„Klar!“ Sie lächelt und wird noch ein bisschen röter. „Und dann hat er mich geküsst …“ Mist, jetzt stelle ich mir das vor! Voll creepy! „Und dann …“

„Mehr will ich gar nicht wissen!“, rufe ich schnell.

„Na ja, viel mehr war es ehrlich gesagt auch nicht.“

Puh!

„Und du?“, fragt Mama. „Bist du auch verliebt? Zum Beispiel in den Jungen, der neulich bei dir im Spielzeugladen war?“

Das ist jetzt nicht ihr Ernst!

„Nö“, behaupte ich. „Ich bin nicht verliebt!“

„Wirklich nicht?“, fragt Mama.

„Nein!“ Hoffentlich verraten mich meine glühenden Wangen nicht.

„Okay …“ So, wie sie mich anguckt, glaubt sie mir kein Wort.

Geschenkidee:

Tassen bemalen

Ein tolles persönliches Weihnachtsgeschenk – du kannst auch Liebeserklärungen, Kosenamen oder coole Sprüche auf die Tasse schreiben.

Du brauchst:

Porzellanstifte
eine einfarbige Tasse
Papier und Bleistift
Kohlepapier
Lappen

So geht es:

1. Zeichne dir auf deinem Skizzenblatt das Motiv oder den Schriftzug vor – achte auf die richtigen Maße.

2. Spül die Tasse besonders gut – sie sollte keine Fingerabdrücke haben.

3. Übertrag mithilfe des Kohlepapiers die Skizze auf die Tasse.

Tipp: Überleg dir vorher, ob die zu Beschenkenden Linkshänder oder Rechshänder sind – entsprechend platzierst du das Motiv.

4. Jetzt mal die Linien, die das Kohlepapier hinterlassen hat, mit dem Porzellanstift nach. Wenn du dich vermalst, tupf den Stift mit dem Lappen weg.

5. Wenn du mit deinem Kunstwerk zufrieden bist, brenn deine Tasse im Backofen so lange wie auf der Packung deiner Porzellanstifte angegeben.
Es gibt auch Porzellanstifte ohne Brennen – die haben den Nachteil, dass man sie nicht so gut korrigieren kann, weil sie sofort permanent sind.

TIPP

Natürlich kannst du auch Müslischalen, Teller oder Becher auf diese Weise bemalen!

„Ruf mich, wenn Papa mit den Brötchen kommt!“ Damit stapfe ich aus der Küche.

9:19 Uhr

Ich bin kaum bei der Treppe angekommen, da fängt Mama in der Küche schon wieder an zu singen. Oh Mann! Und Nino grölt in seinem Zimmer ziemlich schief die deutsche Version von „Rudolph, the Red-Nosed Reindeer“. Keine Ahnung, was schlimmer ist!

15:23 Uhr

In der Stadt. Ich muss immer noch Geschenke besorgen, gestern konnte ich ja keine kaufen! Nicht mal die Playmobil-Ritter für Nino. Deshalb muss ich leider schon wieder in das Spielzeuggeschäft. Melinda hat zwar gesagt, sie brauchen heute keine Hilfe, aber wer weiß? Vielleicht ist Linus ja trotzdem da ...

14:33 Uhr

Im Spielzeuggeschäft sind nur Lissy und Sina, und die haben keine Zeit für mich, weil alle drei Sekunden ein neues Geschenk auf ihrem Einpacktisch landet.

Gut für die Kinder, natürlich ... Aber schade für mich! Obwohl ja eigentlich klar war, dass Linus heute nicht hier ist.

15:43 Uhr

Ich stehe seit einer halben Ewigkeit in der Kassenschlange und schwitze wie blöde in meiner dicken Winterjacke. Ausziehen und über den Arm hängen nervt immer ohne Ende, aber vielleicht hätte ich es doch machen sollen?

Schweißflecken unter den Armen sind ja auch nicht gerade schön!

15:48 Uhr

Nach der Hitze drinnen kommt mir die Luft in der Fußgängerzone eiskalt vor, trotz Winterjacke. Aber nach ein paar Schritten wird mir schon wieder wärmer. Inzwischen ist es ganz dunkel geworden, die Weihnachtsbeleuchtung funkelt und glitzert, und ein Straßenmusiker spielt leise „Jingle Bells“. Und auf einmal fühle ich mich richtig weihnachtlich.

17:10 Uhr

Ich habe alles bekommen, was ich kaufen wollte. Ein Glück! Schließlich sind es nur noch sieben Tage bis Weihnachten!

Zu Hause verstecke ich erst mal Ninos Ritter ganz hinten in meinem Kleiderschrank. Er und ich haben heute nämlich noch was vor. Stichwort: Geschenke für Mama und Papa basteln! Wir wollen ihnen zwei selbst bemalte Becher schenken.

17:32 Uhr

Nino schnappt sich den roten Porzellanmalstift und kritzelt ein paar ziemlich schiefe Sterne auf den ersten Becher.

Und ich male noch grüne Minitannenbäume dazu.

Nino strahlt mich an. „Sieht das schön aus!“

„Ja, finde ich auch!“ Denn egal, ob schief oder nicht: Die roten Sterne und die grünen Tannenbäume sind echt ein tolles Muster! Und wenn wir die Becher hinterher im Backofen backen, geht die Farbe auch nicht mehr ab.

21:58 Uhr

Immer noch keine Nachricht von Linus. Na ja, bestimmt meldet er sich morgen!

Oder???

Jules Geschenkeliste

Für Nino:
- Playmobil-Ritter
- Bilderbuch „Wie ich meine Schwester weniger nerve"
(Spaß! Gibt es so was überhaupt?)

Für Mama und Papa:
- Zwei weiße Becher, Porzellanmalstifte
- Buch „Teenager brauchen ihre Freiheit" und Band 2: „Teenager müssen ausschlafen"
(Auch Spaß!!! Die Bücher gibt es garantiert nicht. Ich meine, die Dinger werden doch immer von Erwachsenen geschrieben, und die haben einfach ÜBERHAUPT KEINE Ahnung, wie wir Teenager ticken!)

Für Sina und Lissy:
- Natron, Zitronensäure, Speisestärke, Lebensmittelfarbe, Olivenöl, ätherisches Duftöl (Zimt? Orange? BEIDES!)

Für Oma und Opa:
- Bilderrahmen für das Foto, das Mama von Nino und mir gemacht hat
- „Das große Buch für Alles-Besserwisser"
(Natürlich auch nur Spaß! Obwohl, nach dem Opa-Spruch mit den Krümeln neulich ... Vielleicht sollte ich doch ... Nee, das kostet 19,98 Euro! Viel zu teuer!)

18

Dezember

18. Dezember, Sonntag – 4. Advent

7:55 Uhr

Immer noch keine Nachricht von Linus. Na ja, wahrscheinlich schläft er heute aus. Warum bin ich überhaupt schon wach?

8:44 Uhr

Bin noch mal eingeschlafen. Also, das heißt, jetzt bin ich natürlich wieder wach. Immer noch keine Nachricht!

8:46 Uhr

Adventskalenderinhalt: ein Mini-Buch „Coole Schulwitze".

Dein Ernst, Mama? Das ist doch nur was für Grundschüler! Obwohl … Der Erste ist nicht schlecht …

9:10 Uhr

Eine neue Nachricht!!!

> Jule, komm bitte runter, Frühstück ist fertig. Papa

Na super!

9:16 Uhr

Papa legt gerade die Brötchen in den Brotkorb, und Mama kocht Kaffee. Und dabei summt sie wieder „Last Christmas".

Ich schnappe mir die Teller zum Tischdecken und frage Mama grinsend: „Denkst du wieder an Jan?"

„Wer ist Jan?", fragt Papa.

„Na, Mamas Freund."

Papa starrt Mama an. „Was soll das heißen, DEIN FREUND?"

„Ach, ich habe Jule gestern nur von meinem ersten Freund erzählt.“

„So wie Emil und ich“, erklärt Nino. „Oder, Mama?“

„So ähnlich, mein Schatz. So ähnlich.“ Mama schaltet die Kaffeemaschine an, stellt Marmelade und Käse auf den Tisch und setzt sich dann zu Nino und mir.

Papa bleibt stehen. „Dieser Jan war also dein erster Freund?“

„Ja, damals, in der neunten Klasse“, sagt Mama. „Kaum zu glauben, dass das schon dreißig Jahre her ist, was?“

„Und wie war der so, dieser Jan?“

„Ach komm! Du bist doch nicht etwa eifersüchtig auf meine Schulliebe!“

„Nein! Natürlich nicht!!!“ Jetzt setzt Papa sich endlich hin, aber er rammt das Messer so heftig ins Brötchen, dass die Krümel spritzen. Ob er sich gerade vorstellt, das ist dieser Jan?

Dass Papa wegen Mama eifersüchtig wird, hätte ich nie gedacht!

9:19 Uhr

Und überhaupt: Das mit Mama und diesem Jan war in der neunten Klasse, das heißt, sie war nur ein Jahr älter als ich jetzt! Krass, oder? Ich meine, Mama und Papa erzählen zwar manchmal von früher ... Aber dass sie mal so richtig jung waren, mit Schule und Freunden und allem?

Das kann ich mir trotzdem nicht vorstellen!

11:34 Uhr

Immer noch keine Nachricht von Linus!

14:23 Uhr

Immer noch nichts ... Ob ich ihm vielleicht schreiben soll?

Geschenkidee:

Badekugeln selbst gemacht

**Sie sprudeln und machen gute Laune –
ein perfektes Weihnachts- oder Wichtelgeschenk!**

Du brauchst:

150 g Zitronensäure ♥ 300 g Natron ♥ 70 g Speisestärke ♥ 50 ml Olivenöl ♥ Lebensmittelfarben ♥ optional: 3-4 Tropfen ätherisches Öl deiner Wahl ♥ optional: getrocknete Blüten oder Kräuter

Außerdem:

Wenn du hast: Badekugelform oder Silikonformen für Pralinen, Eiswürfel etc.

So geht es:

1. Falls du getrocknete Blüten oder Kräuter zur Deko benutzt, leg diese unten in die Form.

2. Vermisch Zitronensäure, Natron und Speisestärke.

3. Wenn du ätherisches Öl für den Duft hinzufügen möchtest, gib dieses zum Olivenöl dazu.

4. Knet dann das Olivenöl in die trockenen Zutaten ein. Am Ende soll die Masse eine bröckelige Konsistenz haben, sich aber gut zusammendrücken lassen.

5. Jetzt kannst du die Masse in mehrere Portionen aufteilen und in jede eine Farbe einkneten.

6. Füll die Masse großzügig in deine Form, und drück sie fest zusammen. Alternativ kannst du auch mit der Hand Kugeln formen.

7. Stell das Ganze für ein paar Stunden in den Kühlschrank.

8. Wenn du die Badekugeln schließlich aus der Form gelöst hast, lass sie noch mindestens einen Tag an der Luft trocknen.

TIPP *Wenn die Konsistenz der Masse beim Kneten zu trocken ist, kannst du noch etwas Öl hinzufügen. Umgekehrt hilft mehr Speisestärke, falls sie zu feucht ist.*

14:53 Uhr

Ich habe jetzt eine halbe Stunde lang versucht, Linus zu schreiben. Keine Chance! „Hi, Linus“ – weiter bin ich nicht gekommen. Am liebsten würde ich ihn ja fragen, ob wir uns mal treffen, aber das traue ich mich nie im Leben! Und einfach nur rumlabern, so nach dem Motto: Wie geht’s, schönes Wetter heute, da denkt er doch: Was will DIE denn?

Oh Mann, warum ist es nur so schwer, eine Nachricht zu schreiben?!

HOFFENTLICH meldet Linus sich bei mir!!!

15:23 Uhr

Alle zwei Minuten Handychecken bringt doch nichts!

Ich weiß. Ich mache jetzt die Badekugeln, die ich Sina und Lissy zu Weihnachten schenken will!

„Mama, darf ich die Küche benutzen?“

Ich darf.

15:41 Uhr

Ich verknete das Olivenöl mit den trockenen Zutaten und dem Duftöl. Fühlt sich an wie warmer, nasser Sand. Anschließend drücke ich die Masse in eine Sternchen-Eiswürfelform. Das sieht so toll aus, und es duftet himmlisch! Morgen, wenn sie abgekühlt und getrocknet sind, fülle ich die Badesterne dann noch in schöne Tütchen um.

17:02 Uhr

Mama schreibt im Wohnzimmer Weihnachtskarten. An die Familie und alte Nachbarn und so. Ich linse ihr über die Schulter. Auf den Karten steht immer dasselbe: Frohe Weihnachten, und dann ein alberner Satz zu jedem von uns. Bei mir: „Jule hat sich zu einer wunderschönen jungen Dame entwickelt."

„Mama! Das kannst du doch nicht schreiben!"

„Wieso nicht? Du bist doch wunderschön! Oder findest du dich etwa hässlich?"

„Nein, natürlich nicht! Aber trotzdem, das ist doch voll peinlich!"

„Wenn dir mein Text nicht gefällt, dann schreib du doch die nächste Karte." Damit schiebt sie mir eine kitschige Weihnachtskarte mit Winterlandschaft rüber.

„Muss das sein?"

„Es muss!", sagt Mama. Den Blick kenne ich. Widerspruch zwecklos.

„Na gut. Aber dann schreibe ich das, was ICH will!"

„Natürlich, mein Schatz. Solange es was über die Familie ist. Und vergiss das 'Frohe Weihnachten' nicht!"

„Ja, ja."

22:43 Uhr

Immer noch keine Nachricht von Linus. WARUM hat er mir nicht geschrieben? Habe ich mir das am Freitag etwa alles nur eingebildet???

22:49 Uhr

Okay, ich hätte ihm ja auch schreiben können. Aber ich weiß halt immer noch nicht, WAS!

Oh Mann, wieso muss das alles so kompliziert sein?!

Vielleicht sollte ich ihm beim Wichteln doch die Liebesplätzchen schenken! Dann WEISS ich wenigstens, dass er in mich verliebt ist! (Und schaden kann es ja nicht … „Schlimmstenfalls" ist er dann doppelt so verliebt wie vorher!!!) 😍😍😍

Liebe Gertrud, lieber Heinz-Dieter,

Mama hat gesagt, ich soll dieses Jahr eure Weihnachtskarte schreiben. Also dann: Frohe Weihnachten!
Was macht Euer Kater Kunibert? Und die Goldfische?
(Oder hat Kunibert die schon wieder gefressen?)
Bei uns ist alles wie immer. Papa arbeitet zu viel, und Mama ist gestresst, weil sie arbeitet UND den Haushalt fast alleine macht, und dann zoffen sie sich.
UPS! Mama sagt, das hätte ich nicht schreiben sollen, also vergesst das mal ganz schnell wieder! (Kuli kann man nicht wegkillern, und ich fange ganz bestimmt nicht noch mal von vorne an!)
Ich soll was über Nino und mich schreiben, sagt Mama.
Okay: Nino geht immer noch in den Kindergarten und ich in die Schule.
Und der Rest geht euch ehrlich gesagt GAR NICHTS an!

Ach ja, wir wünschen Euch noch einen guten Rutsch ins neue Jahr.
Viele Grüße an Euch, den Kater und (eventuell) die Fische

Jule und der Rest der Familie Winterberg

19.

Dezember

19. Dezember, Montag

6:36 Uhr

Adventskalenderinhalt: eine Anti-Stress-Maske. Die kann ich echt gut gebrauchen. Immer noch keine Nachricht von Linus!

6:43 Uhr

Ob er mir heute in der Schule irgendwie ein Zeichen gibt? Aber was für ein Zeichen sollte das sein?

Na ja, es würde ja vielleicht schon reichen, wenn er mich anlächelt und „Hi“ sagt. Und dann sehen wir uns tief in die Augen und ... Mist, die Zahnpasta tropft mir aus dem Mund!

6:46 Uhr

Mund ist ausgespült. Und erst mal anlächeln und „Hi“ sagen würde auf jeden Fall reichen als Zeichen!

7:49 Uhr

Sina und ich gehen ins Schulgebäude, und plötzlich sind Charlotte, Alina und Kiara direkt vor uns. Hoffentlich biegen die noch mal in Richtung Mädchenklo ab, um sich zu stylen oder so. Oder um reinzufallen und nie wieder rauszukommen! (Träumen wird man ja wohl noch dürfen ...)

7:54 Uhr

Dahinten sitzt er! Da ist Linus! Er hebt den Kopf und lächelt ... Aber lächelt er mich an oder Kiara? Die ist ja immer noch genau vor mir. Egal, ich lächele jetzt einfach zurück ...

Zu spät! Im selben Moment, als meine Mundwinkel nach oben zucken, ruft Kiara: „Linus!“, geht zu ihm und setzt sich direkt vor ihm auf den Tisch. Mit dem Ergebnis, dass ich statt in Linus' Augen jetzt auf ihren Rücken sehe.

9:43 Uhr

In der großen Pause quatscht Linus schon wieder mit Kiara. Na super! Habe ich es mir wirklich nur eingebildet, dass da am Freitag was zwischen uns war?

Plötzlich lächelt er zu mir rüber, und ich erschrecke mich so sehr, dass mein Kopf sich ganz von alleine wegdreht. Und als ich wieder hingucke, redet er schon wieder mit Kiara. Oh Mann, ich bin so blöd!

„Geh hin!“, flüstert Sina mir zu.

„Ganz bestimmt nicht!“, zische ich zurück. Denn wenn Paul, Charlotte, Alina und vor allem Kiara danebenstehen, stammele ich doch wieder nur irgendwas Peinliches! Aber wenn Linus das nächste Mal hersieht, lächele ich ihn AUF JEDEN FALL an!

11:30 Uhr

Zweite Pause. Kein Lächeln mehr von Linus, dabei starre ich die ganze Zeit zu ihm rüber.

Wieso ignoriert er mich auf einmal? Wenn ich ihm morgen nicht die Liebesplätzchen schenken würde, wäre ich echt verzweifelt!

Aber so ... Ganz ruhig bleiben, Jule! Spätestens morgen verliebt er sich WIRKLICH in dich!

Na ja, wenigstens hält Kiara Linus keinen extratiefen Ausschnitt unter die Nase so, wie Charlotte das bei Paul macht. Sie stellt sich auch nicht auf die Zehenspitzen, und sie küsst ihn auch nicht auf den Mund ...

„Scheiße, die knutschen!“

„Was? Wer?“, rufen alle durcheinander.

Stimmungsvolle Deko

mit Fensterkreide

Du brauchst:

weiße Fensterkreide mit feiner Rundspitze, z. B. für Schneeflocken und Motive ♥ weiße Fensterkreide mit Keilspitze für Handlettering ♥ einen feuchten Lappen ♥ Glasreiniger

Außerdem:

Vorlagen, die du dir selbst erstellen kannst – frei Hand oder am Computer ♥ Wenn du es dir nicht zutraust, selbst tolle Vorlagen zu erstellen (trau dich!), gibt es auch Bücher mit Vorlagen, Vorlagen aus dem Internet zum Downloaden oder Schablonen aus dem Bastelladen.

So geht es:

1. Miss das Fenster aus, und erstell dir eine Vorlage in der richtigen Größe.

2. Wenn du Vorlagen downloadest, vergrößere sie, damit sie auf deinem Fenster gut wirken – es sieht komisch aus, wenn die Kreidezeichnung zu klein in einer Ecke verschwindet.

3. Es gibt spezielle Programme, mit denen man Poster auf mehrere DIN-A4-Blätter ausdrucken kann.

4. Bevor du loslegst, mach das Fenster mit Glasreiniger sauber.

5. Kleb deine Vorlage von außen mit Klebefilm ans Fenster.

6. Mal von innen die Vorlage nach – beginn oben links und arbeite nach unten rechts (als Linkshänderin umgekehrt). So verwischst du dein Kunstwerk nicht.

7. Wenn du dich vermalst, wisch die Fensterkreide mit einem feuchten Lappen ab.

8. **Viel Spaß!**

TIPP

Wenn du Fingerhandschuhe ohne Kuppen hast, kannst du die gut verwenden. Dann machst du mit dem Handballen keine Fettflecke auf das Fenster.

„Na, da!“ Ich zeige auf Charlotte und Paul, die sich aneinander festgesaugt haben wie zwei Blutegel.

„Krass!“, rufen Sina und Tilda fast gleichzeitig. Melinda verdreht bloß die Augen. Und Lissy ... Oh nein, Lissy!

„Alles okay?“, frage ich sie leise.

„Klar! Was soll nicht okay sein?“ Sie schafft es, ganz normal zu klingen, aber mir macht sie nichts vor. Ich weiß ja, wie ich mich fühlen würde, wenn Linus mit Kiara knutschen würde.

11:30 Uhr

Was er natürlich NIEMALS machen würde! Nach Freitag, meine ich. Oder?

Zum Glück kriegt er morgen die Liebesplätzchen!!!

13:47 Uhr

Zu Hause fällt mir etwas Schreckliches ein: Was, wenn er heute schon mit Kiara zusammenkommt? Bei Paul und Charlotte ging das mit dem Knutschen ja ganz schnell.

13:48 Uhr

Ach, das ist doch Quatsch! Absoluter, totaler Quatsch!!!

ODER?

14:03 Uhr

Sina und Lissy schreiben auch, dass es Quatsch ist. Ein Glück! Aber ich muss echt mal fragen, wie es Lissy geht.

Hi, Lissy! Alles okay bei dir? Liebe Grüße! Jule

Ja! Klar! Warum fragt ihr das immer?

Na, wegen Paul und Charlotte ...

WTF???! Die sind mir doch total egal!

Warum ist die denn auf einmal so zickig? Ich wollte ja nur nett sein!

14:25 Uhr

Ich pfeffere das Handy auf den Schreibtisch zwischen Hefte, Bücher, Stifte und die Tannenzapfen, die ich neulich mit Nino gesammelt habe. Die wollte ich doch eigentlich noch Gold oder Silber ansprühen! Obwohl, so sehen sie auch schön aus ... Aber was ist das denn? Sind das Samen, die da rausgefallen sind?

14:38 Uhr

Mein Handy sagt, es sind Kiefernsamen und dass daraus wieder ein neuer Weihnachtsbaum wachsen kann. Ein DIY-Weihnachtsbaum, wie cool!

Verrückte Idee: Ob ich den Linus morgen beim Wichteln schenken soll? Zusätzlich zu den Plätzchen?

16:32 Uhr

Ich habe im Baumarkt noch einen kleinen Blumentopf und gepresste Kokoserde für die Kiefernsamen gekauft. Ein echtes DIY-Set für einen Weihnachtsbaum! Jetzt noch alles zusammen mit den Zimtsternen schön verpacken ... Hoffentlich freut sich Linus darüber!

Und HOFFENTLICH funktioniert das mit den Liebesplätzchen!

Marek
online

Heute

Hi Marek,
eigentlich wollte ich heute auf dem Schulhof zu ihr hingehen, aber als ich zu ihr rübergeguckt habe, hat sie sofort den Kopf weggedreht. Das ist ja wohl eindeutig!
Dabei dachte ich echt, zwischen uns wäre was gewesen am Freitag. Du hast ja sogar gemeint, dass sie mit mir geflirtet hat ... Von wegen!
Bestimmt findet sie mich voll uncool.
Oder?
Linus

Nachricht

20. Dezember

20. Dezember, Dienstag

6:43 Uhr
ENDLICH ist er da! Der Tag, an dem Linus sich in mich verliebt!

6:45 Uhr
Adventskalenderinhalt: ein Sternenstempel. Damit mache ich gleich noch ein paar zusätzliche Sterne auf Linus' Geschenkpapier.

7:53 Uhr
Als wir in die Klasse kommen, stapeln sich vorne auf dem Lehrerpult schon die Geschenke. Sina und ich legen unsere dazu. ICH BIN SO AUFGEREGT!!!

7:58 Uhr
Mir ist übel. Aber nicht vor Aufregung, sondern weil Paul und Charlotte quer über seinem Tisch hängen und knutschen!

Kein Wunder, dass Linus daneben stur in die andere Richtung starrt. (Nur leider ist das überhaupt nicht die Richtung, in der ich sitze!)

Und Lissy neben mir guckt aus dem Fenster, als ob sie das alles kein bisschen interessiert.

8:01 Uhr
Die Reichenfels will tatsächlich erst noch mit uns Unterricht machen! Von wegen, es ist ja eine Doppelstunde und wenn wir erst mal ausgepackt haben, konzentriert sich eh keiner mehr. Oh Mann!!!

8:11 Uhr

Endlich hat sie es eingesehen. Aber sie besteht darauf, dass wir nacheinander die Geschenke auspacken, weil das sonst angeblich das totale Chaos gibt.

Na gut, bei unserer Klasse ... Ich geb's nicht gerne zu, aber in dem Fall könnte sie tatsächlich recht haben.

8:27 Uhr

Den anderen beim Geschenkeauspacken zuzusehen ist voll öde! Jetzt ist Tilda dran ... Sie bekommt selbst gemachte Weihnachtskugeln mit witzigen Sprüchen darauf, die sie natürlich sofort laut vorliest. „Ich bin eigentlich ein Osterei, ich hab nur zu viel Schokolade gegessen!" Und auf einer anderen steht vorne: „In mir ist ein Schatz versteckt!" Und auf der Rückseite: „DOCH NICHT! Aber Scherben bringen Glück!" Wir liegen alle unter den Tischen vor Lachen!

Trotzdem: Wann bin ich denn endlich dran?

Und, noch viel wichtiger: Wann ist Linus dran?!

8:35 Uhr

JETZT! Als Erstes wickelt er den DIY-Weihnachtsbaum aus dem Geschenkpapier ...

„Ein Blumentopf, Alter!", grölt Paul. „Voll spießig!"

Woraufhin Linus den Blumentopf beiseitelegt, ohne ihn richtig anzusehen. Paul ist so ein Idiot!!!

Aber egal, denn jetzt hat Linus die Tüte mit den Liebesplätzchen in der Hand. Sie sehen echt lecker aus mit der weißen Glasur und den gehackten Nüssen obendrauf! Er sieht sie gedankenverloren an. Gleich wird er einen essen und dann ...

„Schade", sagt Linus. „Ich bin gegen Nüsse allergisch."

NEEEIIINNNN!!!

Geschenkidee:

Weihnachtskugeln selbst beschriften

Eine coole, sehr persönliche Geschenkidee – Christbaumkugeln mit dem Namen des oder der Beschenkten oder einer Freundschaftsansage wie „Lieblingsmensch“ oder „Superstar“.

Du brauchst:

eine Christbaumkugel aus Glas oder für den Anfang besser eine bruchfeste aus Kunststoff ♥ (matte Kugeln sind leichter zu beschriften als glänzende) ♥ einen Lackmarker

Außerdem:

einen Becher oder Eierbecher als Ablage für die Kugel ♥ einen Bücherstapel als Ablage für deine Hand ♥ einen dünnen Stoffhandschuh (wenn du hast) ♥ Glasreiniger und Lappen ♥ Papier und Bleistift

So geht es:

1. Auf einem Papier fertigst du eine Skizze an, wie du die Kugel beschriften möchtest. Probier den Schriftzug, bis du zufrieden bist, und lege auch Ornamente und Verzierungen fest, die du hinzufügen willst.

2. Jetzt ziehst du an die linke Hand einen Handschuh an und reinigst die Kugel mit Glasreiniger. Den Handschuh trägst du, damit du keine fettigen Fingerabdrücke auf der Kugel hinterlässt – auf fettigen Stellen hält der Lackmaler nicht.

3. Setz die Kugel in einen Becher oder Eierbecher (du kannst einen Stofflappen unterlegen, damit sie nicht rutscht). Halt die Kugel beim Beschriften trotzdem gut mit der linken Hand fest, damit sie sich nicht dreht.

4. Deine rechte Hand stützt du mit einem Bücherstapel ab (probiere vorher aus, wie hoch er sein muss).

5. Jetzt beschriftest du die Kugel nach deiner Vorlage. Bei Glaskugeln sei vorsichtig, um sie nicht zu zerbrechen. Der Lackmaler braucht ein paar Minuten zum Trocknen. Achte darauf, die Schrift nicht zu verwischen.

Lieblings
MENSCH

8:37 Uhr

Schlimm genug, dass Linus die Plätzchen nicht essen kann, aber jetzt verteilt er sie auch noch an die anderen!

An Paul, Bilal, Charlotte, Alina und Kiara. Ausgerechnet Kiara! In die soll er sich doch nicht verlieben!

Obwohl, wenn sie das Plätzchen isst, dann heißt das doch eigentlich, SIE verliebt sich in IHN, oder?

(Nicht, dass das besser wäre!!!)

8:39 Uhr

Wie funktioniert das überhaupt mit den Liebesplätzchen? Verliebt man sich in den Ersten, den man sieht? Oder automatisch in die Bäckerin? Und vor allem: Wieso habe ich darüber nicht vorher nachgedacht?!

8:40 Uhr

Kiara lächelt mich an. Kiara! Mich!

Und sie hat schon das zweite Plätzchen in der Hand.

Scheiße!!! Was, wenn die sich jetzt IN MICH verknallt???

9:32 Uhr

Große Pause. Paul und Charlotte sind so eng umschlungen, dass man sie eigentlich Paulotte nennen müsste. Oder Chaul!

Bilal und Alina gucken sich auch ziemlich tief in die Augen. Garantiert hören sie kein Wort von dem, was Linus ihnen gerade erzählt. Ob das an den Plätzchen liegt, die die alle gegessen haben? Und Kiara lächelt schon wieder zu uns Mädels rüber!!!

9:35 Uhr

Lissy meint, das ist bestimmt nur ein Dankeschön-Lächeln für die Zimtsterne. Und zwar für sie, weil sie doch Linus bei Bilal ertauscht hat und Kiara deshalb bestimmt denkt, die Plätzchen sind von ihr.

Sina grinst. „Aber vielleicht hat sie sich auch in dich verliebt! Wenn die Plätzchen echt funktionieren...“

„Quatsch!“, ruft Lissy viel zu laut. „Aber ...“ Sie wickelt eine Haarsträhne um den Finger. „Also, ich weiß, dass ihr sie nicht mögt, aber eigentlich ist sie echt nett.“

„Kiara?“, rufe ich. „Nicht dein Ernst!“

„Doch. Schon.“

„Und woher willst du das wissen?“, fragt Sina.

„Na ja ... wir haben uns mal zufällig im Bus getroffen. Nach der Schule, als wir beide in die Stadt gefahren sind. Und da haben wir halt ein bisschen geredet.“

Kiara – nett? Die Kiara, die immer mit Charlotte und Alina abhängt und die vor allem ständig mit Linus flirtet?

NIEMALS ist die NETT!

Aber was weiß Lissy schon? Sie ist ja auch in den Idioten Paul verknallt, und das sagt doch wohl so ziemlich ALLES!

13:36 Uhr

Beim Wichteln habe ich übrigens ein Buch mit witzigen Weihnachts-Cartoons bekommen. So was hätte ich Linus auch mal schenken sollen! Denn mein Geschenk war ja wohl der totale Reinfall: Über den DIY-Tannenbaum hat Paul abgelästert, und gegen die Plätzchen ist Linus allergisch.

Das einzig Gute: Wenn Kiara jetzt wirklich in mich verliebt ist (oder in Lissy?), dann schmeißt sie sich vielleicht nicht mehr an Linus ran.

Nur: Wie soll es jetzt mit ihm und mir weitergehen?

Zum Glück weiß er wenigstens nicht, dass das Geschenk von mir ist!

Marek
online

Heute

Hi Marek,
rate mal, von wem ich ein Wichtelgeschenk gekriegt habe?
Genau, von IHR!
(Bilal hat es mir natürlich sofort gesteckt. Der weiß ja alle, auch die, die hinterher noch mal getauscht haben. Keine Ahnung, wie der das macht!)
Jedenfalls, das Geschenk von ihr ist echt witzig! Und nett. Und so.
Ein DIY-Weihnachtsbaum!
Vielleicht hätte ich ihr auch was anderes schenken sollen?
Was Persönlicheres? Ich meine, Weihnachts-Cartoons sind ja nicht gerade was Besonderes ... Oh Mann, warum hab ich nur auf dich gehört!
Na ja, wenigstens weiß sie nicht, dass das Geschenk von mir ist.
Linus

Nachricht

21.

Dezember

21. Dezember, Mittwoch

6:38 Uhr

Meine Zimmertür fliegt auf, und Nino singt laut und schief: „Es schneit, es schneit, kommt alle aus dem Haus …“

„Lass mich schlafen“, grummele ich.

„Aber es schneit, Jule!“ Nino zieht meine Jalousie nach oben. Und tatsächlich: Im Licht der Straßenlaterne tanzen dicke weiße Flocken. Es schneit! Wie geil ist das denn?

6:40 Uhr

Adventskalenderinhalt: Mini-Schneebälle! (Also, keine echten natürlich, sondern welche zum Naschen.) Das passt ja!

7:18 Uhr

Beim Frühstück redet Nino nur vom Schnee, und was er damit alles machen will. Und ich träume: Linus und ich zu zweit auf einem Schlitten … Oder eine Schneeballschlacht? Wir fallen zusammen in den Schnee …

Plötzlich winkt eine große Hand vor meinem Gesicht.

„Träumst du?“

„Mann, Papa, du bist so blöd!“

8:02 Uhr

In der Schule schreiben wir in der ersten Stunde Deutsch. Am vorletzten Schultag eine Arbeit zu schreiben ist alleine schon total fies, aber ausgerechnet heute! Frau Paulsen sagt zwar alle zwei Minuten „Da draußen steht die Lösung nicht, Leute!“, aber trotzdem gucken alle immer wieder aus dem Fenster.

9:30 Uhr

ENDLICH Pause! Kaum sind wir Mädels auf dem Hof angekommen, kriegen wir einen Schneeballhagel ab. Die Jungs!

„In Deckung!“, ruft Tilda, und wir rennen rüber zum Klettergerüst der Fünfties.

9:33 Uhr

Während die Jungs einfach nur wie bescheuert das Klettergerüst beschießen, sind wir viel besser organisiert. Melinda und Lissy stellen die Schneebälle her, und Sina, Tilda und ich schießen damit die Jungs ab. Und wie wir sie abschießen!

Ich habe Linus schon dreimal getroffen, und Paul und Bilal je einmal. Und ich glaube, Linus wirft auch besonders oft in meine Richtung …

Also, nicht, dass die Jungs gegen uns eine Chance hätten!

9:38 Uhr

Da vorne sind die Zicken, und sofort zielt Paul in Richtung Charlotte. Oh nein! Hoffentlich wollen die nicht mitmachen!!! Aber Charlotte zieht bloß die Augenbrauen hoch und sagt: „Wehe!“ Woraufhin Paul lieber Sina abschießt.

Nur Kiara guckt sehnsüchtig zur Schneeballschlacht rüber, aber komischerweise gar nicht zu den Jungs, sondern zu uns Mädels. Oh nein! Die Liebesplätzchen!!!

9:42 Uhr

Plötzlich taucht Kiara hinter dem Klettergerüst auf. „Kann ich mitmachen?“ Auch das noch!

Da springt der Müller hinter einem Baum hervor.

„Aufhören! Sofort aufhören!“ Er labert irgendwas von wegen, dass Schneebälle gefährlich sind, da können kleine Stein-

Snowball
Cookies

Sie sehen aus wie kleine Schneebälle, und sie schmecken himmlisch …

Du brauchst:

250 g weiche Butter
80 g Puderzucker
1 Päckchen Vanillezucker
1 Prise Salz
250 g Mehl
100 g gemahlene Haselnüsse
Puderzucker für den Schneemantel

So geht es:

1. Verrühr mit einem Handrührgerät die weiche Butter mit den 80 g Puderzucker und dem Vanillezucker. Gib die Prise Salz und dann nach und nach das Mehl hinzu.

2. Um die Haselnüsse in den Teig zu bringen, nimmst du ihn am besten aus der Schüssel und knetest die gemahlenen Nüsse mit der Hand unter.

3. Stell den Teig für ca. eine Stunde in den Kühlschrank.

4. Heiz den Backofen auf 160 °C (Heißluft) oder 180 °C (Ober-/Unterhitze). Bereite zwei Backbleche mit Backpapier vor.

5. Aus dem nun recht festen Teig formst du kleine etwa walnussgroße Kugeln und legst sie auf das Backpapier.

6. Back deine Schneebällchen auf mittlerer Schiene ca. 10 Minuten. Sie sollen schön hell bleiben.

7. Nach dem Backen sieb du über die noch heißen Plätzchen eine dicke Schicht Puderzucker.

8. Wenn die Snowball Cookies abgekühlt sind, wälz du sie noch mal in Puderzucker, damit sie eine durchgehende, dicke Puderzuckerschicht bekommen. **Yummie!**

chen drin sein, Verletzungsgefahr, blablabla. Man könnte meinen, wir hätten Messer oder Äxte geworfen!

Na ja, die Pause ist eh gleich zu Ende. Und wenigstens kann Kiara jetzt nicht mehr mitmachen!

11:26 Uhr

In der zweiten Pause bauen Paul und Bilal zusammen mit ein paar anderen Jungs einen Schneemann. Und wir Mädels eine Schneefrau, natürlich! Also, mit Mädels meine ich Sina, Lissy, Melinda, Tilda und mich. Kiara ist zum Glück nirgendwo zu sehen. Aber Linus leider auch nicht! Kiara und er werden doch nicht zusammen irgendwo … irgendwas …

„Jule, machst du jetzt bei der Schneefrau mit?“, fragt Sina.

„Was? Ja, klar! Wieso?“

Sie grinst. „Bis du mit der Kugel fertig bist, ist Frühling!“

11:30 Uhr

Ich setze den Schneekopf auf die Schneefrau und dann macht Sina ihr noch wunderschöne lange Schneehaare. „Damit man auch sieht, dass sie eine Frau ist!“

„Aber Bilal hat doch auch lange Haare“, sagt Melinda.

„Wir könnten ihr ja einen Rock machen“, schlägt Tilda vor.

„Mr. McLeod trägt manchmal auch einen“, sagte Melinda. Okay, unser Erdkundelehrer kommt einmal im Jahr im Rock, an irgend so einem schottischen Feiertag, aber das zählt ja wohl nicht!

„Ich weiß, was wir machen! Lasst mich mal durch.“ Lissy pappt der Schneefrau zwei Schneebälle nebeneinander auf die mittlere Kugel. Schneebrüste! Krass!

„Ein Schneemann mit Titten!“, brüllt Bilal, und er und die anderen schmeißen sich weg vor Lachen.

„Das ist eine Schneefrau!“, ruft Lissy zurück. „Und die ist ja wohl tausendmal besser als euer Schneemann ohne Pimmel!“

„Genau!“, ruft Sina, und Lissy klatscht mit ihr ab, und dann auch noch mit uns anderen Mädels. Wir grinsen uns an. Sollen die Jungs doch lästern, uns doch egal!

11:36 Uhr

Moment mal ... Was macht Paul denn da? Zwei Kugeln mit einer Schneewurst in der Mitte ... Nicht sein Ernst! Der macht dem Schneemann tatsächlich einen Schneepimmel! Wir starren uns an und kriegen einen Kicheranfall.

11:38 Uhr

Die Reichenfels schlendert neugierig näher. „Eine Schneefrau! Wie schön!“

Hinter ihrem Rücken fegt Paul schnell den Pimmel vom Schneemann. Den hätte die Reichenfels garantiert nicht schön gefunden! (Obwohl: Warum sind Brüste eigentlich okay und ein Pimmel nicht?)

15:47 Uhr

Nachmittags baue ich noch einen Schneemann mit Nino. Und als ich wieder ins Haus komme, steht eine neue Nachricht in der Klassengruppe:

> Morgen Nachmittag halb vier Schlittschuhlaufen
> auf der Eisbahn in der Innenstadt. Wer ist dabei? Paul

ICH! Ich bin dabei! (Was für eine Frage!) Und Linus schreibt, er kommt auch. JIPPIE!!!

Wir zusammen auf dem Eis ... Das wird sooo romantisch!

Klassenbuch der Klasse 8c

Thema/Inhalt	Versäumnisse	Fach	Std.
Mittwoch, den 21. Dezember			
Klassenarbeit		Deutsch	1
		Deutsch	2
Film geguckt		Mathe	3
		Mathe	4
Thema: Schnee		Chemie	5
(Anlässlich der Wetterlage heute. Von wegen Interessen der Schüler aufgreifen und so.)			6
-> Wiederholung: Die Aggregatzustände von Wasser			
-> Entstehung von Schnee in den Wolken: Anlagerung von Wassertröpfchen an Kristallisationskeime (Staubkörnchen)			
-> Schnee entsteht erst bei -12 Grad Celsius!			
-> Die Form der Schneekristalle hängt von der Temperatur ab.			

Alles wiederholt, erklärt und an die Tafel geschrieben. Dauer: ca. 10 Minuten
Danach haben die Schüler über das Unterrichtsthema diskutiert. Dauer ca. 35 Minuten.
(Mit welcher Art von Schnee kann man am besten einen Schneemann bauen?
Oder eine Schneefrau?
Warum hat ein Schneemann keine Hose an?
Und womit kann man am besten einen Schneehügel runterfahren: Schlitten, Bratpfanne oder direkt auf dem Po?)

(Wie schaffen es andere Lehrer nur, 45 Minuten lang beim Unterrichtsthema zu bleiben? Frau Reichenfels in Englisch zum Beispiel! Ich verstehe einfach nicht, was ich falsch mache!!!)

22.
Dezember

22. Dezember, Donnerstag

6:45 Uhr
Adventskalenderinhalt: Eiskonfekt.

7:58 Uhr
In der Schule reden alle nur über das Schlittschuhlaufen.

„Kommst du auch, Jule?", fragt Melinda.

„Klar!" Vorsichtig sehe ich zu Linus hinüber – und er lächelt mich an! Er freut sich, dass ich komme!!!

Den Rest des Vormittags gehe ich nicht mehr durch die Schule, ich schwebe!

14:29 Uhr
Zu Hause. Aber nur kurz! Wo ist meine neue Jeans?

14:35 Uhr
Sie liegt auf der Waschmaschine. Mit einem Zettel daran: „Sorry, die ist mir beim Waschen eingelaufen. Papa."

DAS IST JETZT NICHT WAHR!!!

14:56 Uhr
Die Hose sitzt verdammt eng, besonders, nachdem ich noch drei Toasts gegessen habe. Aber egal, ich bin drin!

15:32 Uhr
Sina, Lissy und ich kommen als Erste bei der Eisbahn an. Aus unserer Klasse ist noch keiner zu sehen. Egal, wir stellen uns trotzdem schon mal in die Kassenschlange. Lissy und ich müssen uns noch Schlittschuhe leihen, Sina hat eigene.

Dann quetschen wir uns nebeneinander auf die schmale Holzbank, um die Dinger anzuziehen. Gar nicht so einfach mit eiskalten Fingern … Auf einmal winkt Sina in Richtung Eisbahn.

„Da vorne ist Kilian! Ich fahr schon mal vor, okay?“

„Ja. Klar“, sage ich.

Aber wieso haut Lissy gleich mit ab?

Ich kämpfe immer noch mit meinem zweiten Schlittschuh.

15:36 Uhr

Endlich bin ich auch fertig. Sina und Kilian laufen am anderen Ende der Eisbahn Hand in Hand, da will ich lieber nicht stören. Und wo ist Lissy?

Oh nein! Sie steht gar nicht weit weg von mir an der Bande und quatscht mit Kiara. Wann ist die denn gekommen? Und sind die jetzt etwa beste Freundinnen, oder was? Oder – oh nein! – liegt es etwa an den Liebesplätzchen?

Aber warum macht Lissy dabei mit? Von wegen, Kiara ist nett und so! Ich dachte bisher immer, Lissy wäre MEINE Freundin!

15:38 Uhr

Von den anderen aus unserer Klasse ist immer noch niemand zu sehen. Hoffentlich kommt Linus bald!

Bis dahin kann ich ja eigentlich schon mal ein bisschen üben. Ist schließlich ein ganzes Jahr her, dass ich das letzte Mal gelaufen bin … Uih, ist das wackelig!!!

Die kleinen Kinder haben es gut, die können sich an den albernen Schiebepinguinen festhalten.

15:43 Uhr

Nach drei Runden klappt das mit dem Laufen schon wieder ziemlich gut. Ich kann zwar nicht rückwärtslaufen wie die

Zimteis

Wer sagt, dass Eis nur im Sommer schmeckt?

Rezept für eine Kastenform

Du brauchst:

200 g Zucker ♥ 4 Eigelb ♥ 1 Päckchen Vanillezucker
♥ ½ l Schlagsahne ♥ 2 TL Zimt

Außerdem:

Eine Kastenform ♥ Platz im Eisfach

So geht es:

1. Trenn die Eier.

2. Gib das Eigelb und den Zucker in eine Schüssel, und rühr alles schaumig.

3. Dann schlag die Sahne zusammen mit dem Zimt steif.

4. Zieh die Sahne vorsichtig unter die Eimasse.

5. Füll dann alles in eine Kastenform, und stell die Zimtmasse in das Eisfach.

6. Nach 4 Stunden ist dein leckeres Zimteis fertig.

7. Nimm das Eis eine Viertelstunde vor dem Servieren heraus, damit es etwas antaut. Dann stürz dein Meisterwerk auf eine Kuchenplatte.

TIPP

Wenn du magst, kannst du das Eis noch dekorieren, zum Beispiel mit Schokoladensplittern oder – sehr besonders – mit Granatapfelkernen und Mandelblättchen

Angeberin Charlotte, die gerade an mir vorbeigezischt ist, aber vorwärts ist okay.

Wo bleiben denn nur die Jungs?

15:48 Uhr

Alleine laufen ist echt öde! Meine Hände und mein Hintern sind eiskalt. Ob Linus überhaupt noch kommt?

„Hi!", sagt in dem Moment eine Stimme neben mir.

Eine Jungsstimme.

Die Stimme von Linus!

„Hi", antworte ich, und plötzlich ist mir kein bisschen mehr kalt.

15:57 Uhr

Wir laufen nebeneinander, Linus und ich, und das ist sooo schön! Ab und zu linse ich zu ihm hinüber, und dann macht mein Herz jedes Mal einen kleinen Sprung vor Glück.

16:03 Uhr

Schon die dritte Runde! Ob ich langsam mal was sagen sollte?

„Willst du dich vielleicht mal irgendwo hinsetzen?", fragt Linus. „Also, mit mir?" JUCHHU!!!

„Ja", antworte ich heiser. „Gerne!"

Seine blauen Augen in meinen ... Mir ist heiß und kalt gleichzeitig, und alles kribbelt wie verrückt ... Ob er gleich meine Hand nimmt?

Plötzlich weiten sich Linus Augen. „Achtung, Jule!"

Direkt vor mir ist plötzlich ein Kind mit Pinguin!

Ich schaffe es gerade noch auszuweichen, aber wieso fahren meine Füße plötzlich in verschiedene Richtungen??!

„RRRATSCH!"

16:03 Uhr

Ich sitze auf dem Eis. Kalter Schmerz überall, besonders am Hintern und im rechten Bein.

Linus besorgtes Gesicht taucht über mir auf.

„Bist du okay? Hast du dir wehgetan?“

„Geht schon“, murmele ich.

Er streckt mir seine Hand hin. Ich nehme sie, und er zieht mich mit einem Schwung hoch.

Aber wieso sitzt meine Hose am Hintern plötzlich viel lockerer als vorher? Und wieso ist der Hintern noch viel eisekälter als der Rest???

Ich taste mit der Hand nach hinten, aber das, was ich da fühle, ist kein Jeansstoff. Das ist viel dünner und weicher ... Im selben Moment höre ich, wie hinter mir irgendwelche Jungs anfangen zu lachen. NNEEEEEEEEIIIIIIIIIIIINNNNN!!!!!!!!!

16:34 Uhr

Zu Hause. Zitternd stecke ich den Schlüssel ins Schloss. Keine Ahnung, wie ich hergekommen bin. Ich habe mir irgendwie die Schlittschuhe von den Füßen gerissen, bin in meine Schuhe geschlüpft und weggerannt. Meine Augen sind voller Tränen, ein Wunder, dass ich den Weg überhaupt gefunden habe. In meinen Ohren höre ich immer noch das Gelächter der Jungs, das Kreischen von Charlotte, und dann das Lachen von wirklich ALLEN, die da waren. Ich will nur noch sterben! Denn: DIE GANZE KLASSE HAT MEINE UNTERHOSE GESEHEN!!!

City on Ice

Schlittschuhlaufen geht nur bei Minusgraden? Von wegen!

Kommt vorbei, und erlebt vom 1. bis zum 23.12. echten Winterspaß in der Innenstadt – bei City on Ice!

Leihgebühr für Schlittschuhe:
nur 3 Euro

Sondertarife für Schülergruppen

Kleiner Tipp:
An passende Kleidung denken!

23.
Dezember

23. Dezember, Freitag

8:11 Uhr

Ich stehe nicht auf! Nie wieder! Ich bleibe für immer liegen!

Draußen fährt ein Auto vorbei, aber in meinem Kopf höre ich nur ein einziges Geräusch: RRRRAAAATTTSCH!!!

Wie kann man nur jedem seine Unterhose zeigen???

Und es war natürlich keine einfache Unterhose! Zu Hause habe ich gesehen: Es war die ROTE! Die KNALLROTE!!!

Stichwort: Pavianhintern! WAAAAHHH!!!

Zum Glück sind ab heute Ferien.

9:02 Uhr

„Jule, Frühstück!“ Okay, zum Frühstücken stehe ich doch auf. Denn erstens habe ich echt Hunger, und zweitens wissen Mama, Papa und Nino ja nichts von gestern. Zum Glück!

9:04 Uhr

Adventskalenderinhalt: ein Schokokleeblatt. Mit vier Blättern natürlich. Das hilft mir jetzt auch nicht mehr!!!

9:43 Uhr

Nach dem Frühstück will ich direkt wieder ins Bett, aber Nino hält mich auf. „Hilfst du mir, Geschenke einzupacken?“

Er sieht mich so lieb an, dass ich nicht nein sagen kann.

Und danach muss ich ja auch noch die Geschenke für Sina und Lissy einwickeln! Wir drei treffen uns immer am Nachmittag vor Heiligabend zum Geschenketauschen. Also heute. Auch das noch! Andererseits kann ich mich dann wenigstens mal richtig ausheulen.

16:33 Uhr

Es klingelt und ich höre Mama unten sagen: „Hallo, schön, dass ihr da seid! Geht hoch, ihr kennt ja den Weg!"

Trampeln auf der Treppe, dann geht die Tür auf, und Sina und Lissy kommen herein. „Hi, Jule! Alles klar?"

„Nichts ist klar!", grumpfe ich. „Ihr wart doch gestern dabei!" Wenn die beiden mir nicht schon ungefähr hundert Nachrichten geschrieben hätten, wie leid ihnen das alles tut, wäre ich jetzt echt sauer.

„So schlimm?", fragt Sina.

Ich nicke, und die beiden setzen sich rechts und links neben mich aufs Bett und nehmen mich in den Arm. Das ist so lieb, dass ich schon wieder kurz vorm Heulen bin.

In dem Moment klingelt es unten noch einmal. Schritte auf der Treppe, kurz darauf klopft es an meiner Zimmertür. Sina und ich sehen uns fragend an.

„Ja?", sage ich.

Die Tür geht auf, und jemand schiebt sich ins Zimmer.

Es ist Kiara. Was macht DIE denn hier?!

16:41 Uhr

Gedanken rasen durch mein Hirn: Will Kiara mir sagen, dass sie jetzt mit Linus zusammen ist? Aber warum lächelt sie dann Lissy so an? STECKT DIE DA ETWA MIT DRIN?

„Ich habe Kiara eingeladen", sagt Lissy. „Ich hoffe, das war okay, Jule." War es nicht!!!

„Hmpf", mache ich.

„Und warum?", fragt Sina.

„Weil ..." Lissy sieht Kiara fragend an, und die nickt. „Weil wir jetzt zusammen sind." WAAAASSS????!!!

„So richtig ... zusammen zusammen?", fragt Sina.

Rentier-Haarreif

Witziges Accessoire für den Weihnachtsmarktbesuch mit Freundinnen und Freunden! Am besten gleich mehrere basteln!

Du brauchst:

einen Haarreif (man kann ihn auch später wieder abrüsten ...)
Biegeplüsch (Pfeifenputzerdraht)
Papier und Bleistift

So geht es:

1. Wenn dein Haarreif nicht die richtige Farbe hat, umwickle ihn dicht an dicht mit Biegeplüsch in einer Farbe, die dir gefällt.

2. Zeichne dir auf deinem Skizzenpapier einen Geweihteil deines Rentiergeweihs vor.

3. Form dieses mit dem Biegeplüsch nach, und verdreh unten die Enden.

4. Mach dasselbe mit einem zweiten Stück Biegeplüsch – jetzt hast du zwei Geweihteile.

5. Bring diese beiden Geweihteile zueinander spiegelverkehrt an dem Haarreif an.

6. Noch ein bisschen zurechtbiegen – **fertig!**

TIPP

Das Geweih sieht auch in Knallrot super aus!

„Ja“, sagt Lissy, und Kiara nickt strahlend.

Kiara und Lissy sind ZUSAMMEN? Ich fasse es nicht!

„Hat das was mit den Liebesplätzchen zu tun?“ Sina zwinkert Lissy zu.

„Quatsch!“, ruft Lissy. „Die funktionieren doch gar nicht!“

„Aber …“, stammele ich. „Was ist denn mit Linus? Mit dem hast du doch in der Pause immer geredet, Kiara …“

Sie zuckt mit den Schultern. „Na und? Ist doch normal, wenn mein Cousin neu in die Klasse kommt.“

„Er ist dein Cousin? Deshalb hast du mit ihm geredet?“

„Und weil er nett ist, natürlich. Was dachtest du denn?“

Lissy grinst. „Sie dachte, du willst was von ihm!“

„Quatsch! Ich will was von dir!“ Kiara sieht Lissy total verliebt an, und dann küsst sie sie direkt auf den Mund.

Ich weiß gar nicht, wo ich hingucken soll! (Das geht mir bei Sina und Kilian auch immer so.)

16:46 Uhr

„Echt cool, dass ihr zusammen seid“, sagt Sina. Ich murmele bloß irgendwas. So ganz traue ich Kiara immer noch nicht.

Sina grinst. „Was sagen denn eigentlich Charlotte und Alina dazu? Zu euch beiden, meine ich?“

„Das ist mir egal“, sagt Kiara. „So richtig nett finde ich die eh nicht mehr. Ich hab mich bloß nie getraut, zu euch zu gehen.“

„Gut, dass du dich jetzt traust!“, sagt Lissy, und dann küssen sie sich noch einmal.

„Oh Mann, Verliebte“, stöhnt Sina. Die muss gerade reden!

„Apropos Verliebte“, sagt Kiara. „Linus steht übrigens total auf dich, Jule. Das weißt du schon, oder?“

„Ich … echt? Aber nach gestern garantiert nicht mehr!“

„Das war doch gar nicht so schlimm“, behauptet Lissy.

„Nicht so schlimm? Ich hatte einen Pavianhintern!"

Die anderen sehen sich an. Ihre Mundwinkel zucken.

„Das ist überhaupt nicht witzig!", rufe ich.

„Nein", schnauft Sina. „Natürlich nicht. Sorry!"

Ich starre sie finster an. Doch dann sagt Kiara plötzlich: „Linus tat das gestern voll leid für dich, Jule. Und er ist auf jeden Fall noch in dich verliebt! Wegen so was hört man doch nicht damit auf, oder?"

„Meinst du echt?"

Kiara grinst. „Klar! Hat er mir selbst gesagt."

JIPPIE!!!

Sina hält mir mein Handy hin. „Du muss ihm schreiben, Jule! Dass du ihn auch liebst und so!"

„Ja, mach ich später", sage ich. Denn ich kenne ja Sina: Die will mir sonst garantiert den Text diktieren!

21:13 Uhr

Wir haben dann noch Weihnachtstee getrunken und Geschenke getauscht. Sina hatte für uns alle Rentier-Haarreifen gebastelt, die wir natürlich gleich aufgesetzt haben. Es war echt lustig! Aber ganz ehrlich?

Ich hab die ganze Zeit nur an Linus gedacht!

Nachdem die anderen weg waren, musste ich erst mal mit Mama und Papa Abendbrot essen. Und danach habe ich ungefähr eine Million Nachrichten an Linus angefangen – und wieder gelöscht. Was soll ich ihm nur schreiben? „Hi, ich hab gehört, du stehst auf mich?" Das ist doch voll peinlich!

Und wenn ich ihn anrufe, habe ich dasselbe Problem.

Ich glaube, es gibt nur eine Lösung: Ich muss ihn sehen!

Dann kapiert er hoffentlich auch ohne Worte, was los ist.

Gleich morgen früh gehe ich zu ihm!

Startseite > Gesundheit > Schlaf

EIN- UND DURCHSCHLAFEN

Tipps für gutes Ein- und Durchschlafen (auch bei akuter Verliebtheit)

· 12.06.2021

In diesem Artikel:

- Vor dem Einschlafen an nichts Aufregendes denken Guter Witz!
- Auf den Atem konzentrieren Dazu bin ich viel zu aufgeregt!!!
- Kräutertee trinken Hab ich schon gemacht, drei Becher.
- Baldriantropfen einnehmen

Und ich war auch schon dreimal auf dem Klo!

- Vor dem Einschlafen nicht mehr ins Handy gucken

Wo soll ich die denn jetzt herbekommen?

- GANZ RUHIG bleiben.

Und wo hätte ich dann bitte diese Tipps herkriegen sollen???

Ha ha!

Oh Mann, so wird das doch nie was!!!

Wann ist denn endlich morgen?

24.
Dezember

24. Dezember, Samstag

8:03 Uhr

Adventskalenderinhalt: Egal! Wen interessiert heute der Adventskalender? Lieber schnell ins Bad!

8:26 Uhr

Obwohl ... Neugierig bin ich schon ...

Adventskalenderinhalt: ein Schokoweihnachtsmann.

Cool, da kann ich mir das Frühstück sparen!

8:33 Uhr

Ich stürme die Treppe hinunter und schnappe mir meine Jacke. „Tschüs! Ich muss noch mal weg!"

Nino kommt aus dem Wohnzimmer geflitzt. „Aber Jule, wir wollen doch nach dem Frühstück den Weihnachtsbaum schmücken!"

Der Weihnachtsbaum! Den habe ich total vergessen!

„Das machen wir doch immer zusammen", sagt Nino. Er sieht mich so enttäuscht an – echt schwer, da nein zu sagen! Außerdem: Will ich wirklich zum ersten Mal in meinem Leben nicht beim Schmücken dabei sein?

Ich gucke auf mein Handy. Erst halb neun. Vielleicht schläft Linus eh noch.

„Okay", sage ich. „Aber danach muss ich wirklich los!"

9:42 Uhr

Die Lichterkette und die Spitze sind am Baum (Papas Job). Jetzt kommt Ninos und mein Einsatz: Ich schmücke oben und er unten. Wie jedes Jahr hängt mein kleiner Bruder alles an dieselbe Stelle, nämlich direkt vor sich, und wie jedes Jahr schiebt Papa ihn alle paar Minuten ein Stück weiter um den Baum herum, damit trotzdem überall was hinkommt.

10:28 Uhr

Der Baum funkelt und glitzert. Sooo schön!

Jetzt muss ich aber wirklich los!

10:29 Uhr

Im Flur werde ich von Mama abgefangen. Auch das noch!

„Kannst du mir vielleicht mit dem Kartoffelsalat helfen?"

„Sorry, geht nicht, ich muss noch mal weg!"

„Weg? Aber heute ist Heiligabend!"

Als ob ich das nicht wüsste! „Bitte, Mama! Es ist wichtig!"

„Willst du zu Sina?"

„Nein. Zu jemand anderem." Ich werde ihr ganz bestimmt nicht sagen, dass ich zu Linus gehe, dem süßesten Jungen auf der ganzen Welt …

„Ist es ein Junge?" Mama grinst.

„Mann, Mama!"

„Ich bin ja schon still. Aber du musst rechtzeitig vor der Kirche wieder hier sein, okay?"

„Kein Problem, die ist doch erst um drei."

„Aber Nino muss schon um halb drei da sein, wegen des Krippenspiels. Und du musst doch auch vorher noch was essen!"

Oh Mann! „Wann soll ich denn wieder hier sein?"

„Spätestens halb eins. Und zwar pünktlich!"

„Okay! Bis später!"

10:32 Uhr

Vor der Tür fällt es mir plötzlich ein: Ob Emil auch beim

Dein „echter“ DIY-Weihnachtsbaum

Nichts für Ungeduldige!

Du brauchst:

1 Kiefern- oder Tannenzapfen ♥ 1 kleinen Blumentopf ♥ Blumenerde

Außerdem:

Geduld

So geht es:

1. Such einen schönen Zapfen im Wald (möglichst im Herbst).

2. Leg ihn in die Sonne oder auf die Heizung, damit er sich öffnet und den Samen freigibt.

3. Um zu testen, welches die geeigneten Samen sind, wirf sie in ein Glas mit handwarmem Wasser. Die Samen, die zum Boden sinken, sind die „starken“.

4. Nimm einen dieser Samen, und drück ihn ca. ein oder zwei Zentimeter tief in einen Blumentopf mit Erde.

5. Halt die Erde immer feucht, aber ertränk den Samen nicht.

6. In ein paar Jahren (!) hast du einen wunderschönen Weihnachtsbaum!

TIPP

Der „Bausatz“ für diesen Weihnachtsbaum (Topf, Erde, Kiefernsamen) ist ein tolles Weihnachts- oder Wichtelgeschenk!

Krippenspiel mitmacht? Dann wäre Linus ja nachher sowieso in der Kirche! Ich gehe noch mal zurück.

„Nino, ist Emil eigentlich auch beim Krippenspiel dabei?"

„Nee, die gehen nicht in die Kirche."

Schade! Also kein Linus.

Obwohl ... Was hätte ich da schon sagen können? Wenn unsere Eltern danebenstehen und womöglich auch noch der Pastor ... Nein danke!

„Tschüss!", rufe ich noch mal und mache, dass ich wegkomme.

10:34 Uhr

Wohin muss ich überhaupt? Linus' Adresse ist ja noch gar nicht in der Klassenliste! Ich fummele mein Handy aus der Hosentasche und rufe Kiara an.

„Hi, hier ist Jule. Ähm ... Wo wohnt Linus eigentlich?"

„Hi, Jule. Lindenstraße 4a. Oh, cool, willst du zu ihm?"

„Ja."

„Viel Glück!", sagt sie mit strahlender Stimme.

„Danke!"

Kiara ist ja echt voll nett! Jetzt freue ich mich doch, dass sie mit Lissy zusammen ist.

10:45 Uhr

Da vorne ist es! Oder? Eschenweg, Veilchengasse ... Lindenstraße, hier muss ich rein!

10:46 Uhr

Ich biege um die Ecke und stoße fast mit jemandem zusammen, der aus der anderen Richtung kommt. Ein Junge mit Wuschelhaaren und blauen Augen.

Linus!

Vor Schreck setzt mein Herz einen Schlag aus.

„Hi, Jule!“, sagt er. „Was machst du denn hier?“

Jetzt schlägt es plötzlich doppelt so schnell weiter.

„Ich … ähm … ich bin nur… ich wollte …“

„Wolltest du zu mir?“ Seine Augen mustern mein Gesicht.

„Ja“, sage ich heiser.

„Cool. Ich wollte auch gerade zu dir.“

„Echt?“

„Ja. Kiara hat mich angerufen.“

Wir sehen uns an. Eine Ewigkeit lang.

„Ähm …“ Linus hält mir etwas hin. Ein kleines Päckchen.

„Das ist für dich.“

Mit zitternden Fingern löse ich die Schleife und fummle das Tesa ab. Zum Vorschein kommt ein kleiner Blumentopf mit Erde. Und ein Tütchen mit Samen.

„Damit du auch deinen eigenen Weihnachtsbaum pflanzen kannst“, sagt Linus. „Ich hatte ja genug Samen …“

„Danke!“ Er hat sich also doch über das Wichtelgeschenk gefreut! Und jetzt das … Das ist so lieb von ihm!

Ohne nachzudenken, falle ich ihm um den Hals.

UPS! Und wenn er das jetzt gar nicht wollte …?

In dem Moment spüre ich seine Hände auf meinem Rücken. Ich blicke zu ihm hoch. Er lächelt!

„Darf ich dich küssen?“, fragt er leise.

Ich nicke. Mein ganzer Körper glüht. Jetzt passiert es! Es passiert WIRKLICH! Sein Gesicht kommt näher, noch näher … seine Augen strahlen mich an … nur noch ein kleines Stück … dann treffen sich endlich unsere Lippen, und ich bekomme das schönste Weihnachtsgeschenk von allen.

ALL YOU NEED TO KNOW

Dein Onlinelexikon

Kuss, der

(Plural: Küsse)
Ein Kuss ist ein oraler Körperkontakt mit einem Objekt oder Lebewesen.
Die Wissenschaft vom Küssen nennt man Philematologie (von griech. philema: „Kuss“).

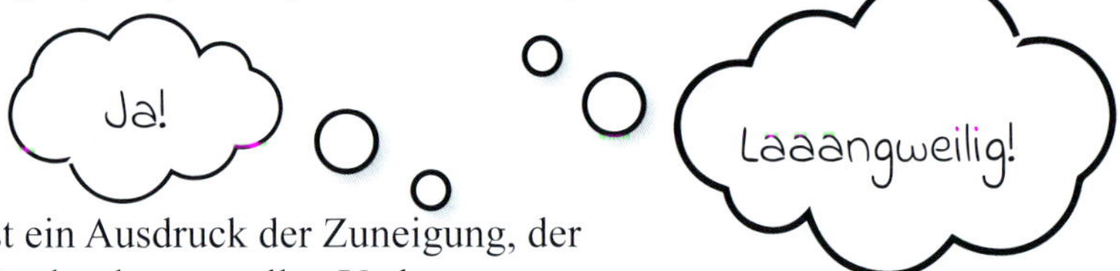

Ein Kuss ist ein Ausdruck der Zuneigung, der Verliebtheit oder des sexuellen Verlangens.

Im Bereich der Verliebtheit kann ein Kuss zu starken körperlichen Reaktionen führen wie zum Beispiel Hitzewallungen, Schwindel oder den sogenannten „Schmetterlingen im Bauch“.

Quellenangaben der Zitate
Songzitat auf S. 14: „Last Christmas", Musik und Text: © George Michael, 1984
Songzitat auf S. 174: "Es schneit", aus dem Album „Winterkinder", Musik und Text: © Rolf Zuckowski, 1987

FSC www.fsc.org MIX Papier | Fördert gute Waldnutzung FSC® C083411

Die Bastei Lübbe AG verfolgt eine nachhaltige Buchproduktion. Wir verwenden Papiere aus nachhaltiger Forstwirtschaft und verzichten darauf, Bücher einzeln in Folie zu verpacken. Wir stellen unsere Bücher in Deutschland und Europa (EU) her und arbeiten mit den Druckereien kontinuierlich an einer positiven Ökobilanz.

Originalausgabe

Der Roman „Ein Zimtstern für den ersten Kuss" von Yvonne Struck wurde vermittelt durch die Literarische Agentur Thomas Schlück GmbH, 30161 Hannover

Umschlaggestaltung: Kristin Pang unter Verwendung von Motiven von jennylipets/shutterstock.com, cosmaa/shutterstock.com, Volha Hlinskaya/shutterstock.com
Satz und Layout: Lara Nelles (schere.style.papier), München
Fotos und Illustrationen: © www.shutterstock.com
Gesetzt aus der Ancient, Arial, Averta, Brightside, BroadcastMatter, Chicago, Courier New, Times New Roman
Druck und Einband: CPI books GmbH, Leck – Germany

Printed in Germany
ISBN 978-3-414-82666-4
5 4 3 2 1

Sie finden uns im Internet unter boje-verlag.de
Bitte beachten Sie auch www.luebbe.de

Witzige Einblick[e] mitten ins Teenie-Leben